妹に婚約者を寝取られましたが、未練とか全くないので出奔します

登場人物紹介
Characters
エレン・クノイル
ナーナルの執事。
家を出たナーナルを
優しく導く。
いつでも冷静だが、
時にはナーナルを
からかうことも。
ナーナル・ナイデン
可愛がってきた妹に
婚約者を寝取られた男爵令嬢。
紅茶と読書を何よりも
愛しているのに、
娯楽の一つもない修道院に
入れられそうになって
出奔を決意する。

モモル・ナイデン
ナーナルの妹。
甘やかされて育ったため、
姉のナーナルなら
何でも言うことを
聞いてくれると
思っている。
デイル・タスピール
ローマリアの皇帝。
元々は平民だったが、
商売で財を成した末に
自ら国を興した。
ティリス・カロック
隣国・ローマリアを牛耳る
カロック商会の副商長。
エレンの幼なじみで、
二人の間には
因縁が……？
ロニカ・ルベニカ
元ローマリア三大商会の
一つ・ルベニカ商会の娘。
エレンのもう一人の
幼なじみで、
男勝り。

序章　告白

それは、いつもと変わらぬ日のこと。

「お姉様……あぁ、ナーナルお姉様。わたくしはとても酷(ひど)い妹です。だってそうでしょう？　お姉様の大切な婚約者のロイド様のことを……その、好きに……なってしまったのですから」

　生まれてからずっと可愛がっていた妹のモモルが突然、胸の内を語り始めた。

　わたしの婚約者――ロイド様と、体の関係を持ってしまったと。

「わたくし、この想いを打ち明けずにはいられませんでした……。ええ、分かっています。分かっていますわ。ロイド様がお姉様の婚約者だということぐらい、重々承知しています。ですが、お姉様が婚前交渉を拒んだことで、ロイド様がどれほど傷付いたか……ご存じですか？　ロイド様のお辛そうな表情を見ていると、可哀そうで可哀そうでたまらなくて……だからでしょうか、お姉様と正式に契(ちぎ)りを交わすまで、せめて妹であるわたくしが、ロイド様を癒(いや)す役目を担(にな)うことができればと思ってしまったのです」

　何を言っているのだろう、と思った。

　あまりにも唐突で、理解が追いつかなかったのかもしれない。

けれどもモモルは、わたしの顔を見ようともせず、ただただ悲しげな声色で言葉をぶつけてくる。

「あぁ、お姉様……わたくしはこれから先、どうすればよろしいのでしょう？　大好きなお姉様の婚約者に身を捧げ、挙句、この心までもロイド様の虜となってしまいました……。ロイド様も、わたくしと一緒にいるときの方が幸せだと仰っていましたわ。ですからその、わたくしが原因とはいえ、もはや……お姉様の入り込む余地はありません」

涙ながらにモモルが訴える。

自分も苦しいのだと言いたげな表情で。

「……ええ、分かっていますわ。こんなわたくしのことを、お姉様は決してお許しにはならないでしょう。ただ、たとえそうだとしても、わたくしはこの想いをなかったことにはできません。ロイド様のことが好きで好きで、たまらないのです……！　でも、もし真実をお父様とお母様にお伝えすれば、わたくしの大切なお姉様が、実の妹に婚約者を寝取られた哀れな子の烙印を押されてしまいますわ。わたくし、お姉様がそんな目に遭うだなんて、絶対に堪えられません……。ですからお願いします。もし妹のわたくしのことが本当に可愛いとお思いでしたら、お父様とお母様には秘密に……そして、わたくしが犯した小さな過ちを……どうか、見て見ぬ振りをしてはいただけないでしょうか？　わたくしの未来のために、ロイド様を解放してくださいませ……うっ、うぅっ」

モモルは、何よりも大切な妹だ。

その妹が、ロイド様を譲ってほしいと口にした。

元々、ロイド様との婚約は親同士が決めたものだ。彼とは、言葉を交わすことくらいはあったけれど、手を握ったこともなかった。

婚約者とはいえ、所詮その程度の関係だ。

だから、ロイド様に対する執着はこれっぽっちもない。

そんなことよりも、わたしはモモルに裏切られたことの方が悲しかった。

わたしが可愛がっていた妹は、いつの間にかわたしの知らない女に変貌してしまっていたらしい。

その変化に気が付くことができなかったのは、ロイド様との関係をそのままにしていたわたしにも責任がある。

だからかもしれない。

「……いいわ」

間を置いて口から出た言葉は、了承の一言。

嘘泣きを続けるモモルを前に、ぐちゃぐちゃになった心を落ち着かせるため、静かに声を震わせる。

「モモル、貴女の好きにしなさい」

そう。

わたしは、妹の願いを叶えることにした。

第一章　婚約破棄

ナーナルは、男爵位のナイデン家に生まれた。

十六歳の誕生日に、同じく男爵位を授かるエルバルド家の嫡男、ロイドと婚約した。それは貴族同士の繋がりを確かなものとするための、いわゆる政略結婚であった。

これは、貴族に生まれたからには避けては通れない道だ。

ナーナル自身も納得していたから、この婚約に対して否やはなかった。ただ一点の条件を除いては。

それは、婚前交渉はしないこと。

言葉を交わしたこともなく、今の今まで赤の他人であった男性に求められたとしても、はいそうですかと己の体を許すことなどできるはずがない。それは至極当然のことであり、エルバルド家にも納得してもらえるだろうとナーナルは考えていた。

そして順当に条件は認められ、ナーナルは正式にロイドの婚約者となった。だが同時に、ロイドとの間に大きな溝ができてしまった。

『なぜだ？　ぼくはきみの婚約者だぞ？　なのになぜ、婚前交渉を拒むんだ』

ロイドとの顔合わせの際、開口一番に言われた台詞がこれだ。

それ以外の楽しみなど他にはないと言わんばかりに、ロイドは嘆（なげ）いてみせた。

『どうせ二年後には夫婦になるんだから別に構わないだろう？　それとも何か？　まだ学生だからとかしこまっているのか？　……ふんっ、今時の学生にとっては嗜（たしな）みのようなものだ。それを拒むということは、ぼくに不満があるとしか思えないな』

ロイドの言う通り、確かにナーナルはまだ学生で、卒業は二年先だ。

だが、婚前交渉を拒むのはそれが理由ではない。

ナーナルは己の考えをロイドに話し、納得してもらおうとした。

だが結局、ロイドの不満が解消されることはなく、その日の二人は険悪なムードで別れた。

そのあとも、顔を合わせる度に、ナーナルとロイドは溝を深める。

ナイデン家のためにと、ナーナルはロイドとの距離を縮めようと試みたが、婚前交渉を拒まれたロイドの態度は冷たいままだった。

二人きりでデートをするときも、一切手を握ろうともしない。

ロイドの主張が正しいのか。自分が折れるしかないのか。わがままなのは自分の方なのか。

たとえそうだとしても、婚前交渉をしたいとは思えない。

そう葛藤（かっとう）すると同時に、不安が一つ。

今のまま結婚し、ロイドと二人で人生を歩むことになったとして、わたしは本当に幸せになれるのだろうか。

何度も会い、ロイドのことを知ろうと思えば思うほど、好意を持つことが難しくなっていく。

しかし、これは親同士が決めた婚約だ。ナーナルが断ることはできない。

そう考えると、ナーナルは日に日に次第に眉をしかめる回数が増えていった。

そんなある日のこと。

『あぁ、可哀そうなお姉様。今日はせっかくのロイド様とのデートなのに、熱で会いに行けないだなんて……』

ロイドとのデート当日、ナーナルは風邪を引いて寝込んでしまった。

ナーナルの姿を瞳に映し、まるで自分のことのように悲しむモモルに対し、ナーナルは弱々しく微笑んでみせる。

するとモモルは、ある提案を口にした。それは人助けならぬ、姉助けのつもりだったのだろうか。

『そうだわ！　今日はお姉様の代わりに、わたくしがロイド様とデートをして差し上げます！』

◇

その夜、ロイドとのデートを勝手に引き受けたモモルは、満面の笑みを浮かべながら帰宅した。

『聞いてください、お姉様！　ロイド様ったらね、わたくしに首飾りを買って下さったんですよ！』

そう言って、胸元に下がるピンクの宝石をナーナルへと見せる。

無邪気なモモルの姿を見て、ナーナルも複雑な気持ちを押し殺し、笑みを浮かべてみせた。

『ねえ、お姉様？　お姉様はロイド様からどんなプレゼントをもらいましたの？　ぜひわたくしにも見せてください！』

よほど嬉しかったのだろう。

首飾りの銀の鎖を両手で触りながら、モモルが問いかける。

『わたしは……、もらったことがないわ』

『えっ、一度も？　一度もですか？　……えっと、ご冗談ですよね？　お姉様はロイド様と婚約なさっているのに、そんなはずはありませんわ』

ロイドとの婚約が決まってしばらく経つが、ナーナルは一度もプレゼントをもらったことがない。婚前交渉を拒んだことが原因なのは明らかだが、それはナーナルにとって譲れないことなのだから、気にすることはなかった。

デートは、プレゼントをもらうためのものではない。ロイドとの仲を深めるためのものだ。そう割り切っていたのだが……しかし今日、モモルはロイドからプレゼントをもらったと言うではないか。

ナーナルは、モモルが喜ぶ顔を見るのが大好きだ。とはいえ、このままではロイドに対する想いがさらに離れてしまいそうだ。

『うーん……お姉様、これはわたくしの勘ですけど、ロイド様は恐らくお姉様に振り向いてほしい一心で、ワザと意地悪をしているんです。ええ、きっとそうに違いありません！』

『ふふ、だといいけど』

モモルに気を遣われるなんて、と思い苦笑する。しかしまだ、ナーナルは気付いていなかった。

目の前で口早に語る妹が、既にロイドと体の関係を持ってしまったということに。

『――ところでお姉様。ロイド様のお部屋に入られたことはありますか？　……え？　ないんですか？　ロイド様の婚約者なのに？』

休む間もなく、次から次に投げかけられるモモルの容赦ない言葉に、ナーナルはぎこちなく笑みを浮かべる。それが精一杯だ。それでもモモルは、ロイドの話を止めようとはしない。

たった一日。

この日を境に、モモルは人が変わったかのように、ロイドの話をするようになる。

そして二人が婚約してから、二つ歳を重ねた頃……

学園の卒業と、ロイドとの結婚。その二つを間近に控え、忙しない日々を送るナーナルのもとに、モモルが顔を見せた。

それからすぐに、あの台詞を口にしてみせる。

『お姉様……あぁ、ナーナルお姉様。わたくしはとても酷い妹です。だってそうでしょう？　お姉様の大切な婚約者のロイド様のことを……その、好きに……なってしまったのですから』

◇

モモルの懺悔を耳にしてから、半時足らず。

まず初めにしたことといえば、両親への口添えだ。ロイドと自分の婚約を破棄し、己の代わりをモモルに託すと伝えた。

ロイドにはモモルの方がお似合いだからと。それ以外の理由は一切説明せず、頑なナーナルを前に、父――ベルギスと、母――ホロワは頭を抱えた。

それは、モモルのためなのか。

モモルがロイドと結婚し、幸せに暮らすための行動か。

もちろん、違う。

妹のモモルと、婚約者のロイド。

二人の裏切りに遭ったナーナルは、既に彼らから興味を失っていた。

口にこそ出さなかったが、ナーナルは心中でモモルに対し「お好きにどうぞ」と返事をしていた。

その台詞は、決して負け惜しみではなく、本心から出たものだ。

そして今、ナーナルの考えていることは、ただ一つ。

今後どうやって生きていくのか。それだけだった。

婚約相手の変更などという不祥事でナイデンとエルバルド両家の顔に泥を塗り、今までと同じようにナイデン家に居座り続けることは困難だ。

たとえ許されたとしても、そのままではモモルとロイドの姿を度々視界に映すことになる。それはそれで面倒であり、居心地が悪い。

だとすれば、答えは一つ。

ナーナルがナイデン家を出て行けばいい。

貴族の地位はなくなり、不自由のない生活を手放すことにはなるが、同時に自由を手にすることができる。そう考えていたのだが、事はそう簡単には運ばなかった。

まずはホロワから罵声を浴びせられた。親不孝者め、恥を知れと。

次いでベルギスからは、ナイデン家とエルバルド家、両家の名に傷を付けた責任を取るため、修道院に入るように命じられた。同時に、卒業間近の学園を去れとも。

王都の外れにある修道院にはナーナルもこれまでに何度か足を運ぶ機会があったが、そこは牢獄のような場所だった。一切の娯楽は持ち込めず、毎日毎日決められた時間に決められたことをするだけ。想像するだけでぞっとする。

もし、そこで一生を過ごすことになれば、ナーナルはあまりの詰まらなさに死んでしまうだろう。唯一の趣味である本とお茶を手にすることも叶わないのだから当然だ。

とりあえずは頷き、ナーナルはベルギスに従う素振りを見せた。

だが、その心は穏やかとはいえない。

ナーナルが一方的に婚約を拒否しているのだから、確かにそうなるのが筋かもしれない。しかしながら事実は異なり、この件において本当に悪いのはモモルとロイドなのだ。ナーナルは被害者といえるだろう。

それなのに牢獄に入れだなんて、堪ったものではない。

だが、たとえそうだとしても、ナーナルは好きでもない男と結ばれるぐらいなら死んだ方がマシだ。モモルのおかげで己の想いを再確認することができたナーナルは、政略結婚の道具としての役割を果たせなかったことにむしろ安堵していた。

では、どうするのか。

籠の中の鳥として一生を終える運命ならば、いっその事、行方をくらませてしまおうか。

頭の中で想像し、ナーナルは即断する。

そうしよう、父の命に従う必要はない。

モモルの願いを叶えてロイドは譲るが、それ以上の尻拭いをするつもりはない。

どこか遠く離れた場所へ行っても構わないだろう。

「……はぁ、困ったものね」

しかし、実際に色々と思い描いてみても、現実はそう甘くはない。

ナイデン家の名の下に生きてきたナーナルは、王都から一度も外に出たことがなかった。

ただの一度も働いたことがなければ、そもそも一人で暮らしたこともない。手元にある貴金属をお金に換えればしばらく生活には困らないだろうが、その先はどうすればいいのか。

修道院に入る準備の振りをして、己の荷物を最低限にまとめ上げる。

あとは行き先を決めるだけなのに、たったそれだけのことがナーナルにとっては未知の世界であり、困難な壁として立ちはだかっていた。だが、その表情はどことなく楽しそうだ。

と、そんなときだった。

――トントントン。

「お嬢様、何をお悩みですか」

軽い打音に続いて、扉の向こうから、懐かしい声がナーナルの耳へと届いた。

◇

ナーナルとモモルには、それぞれ専属の執事が付いていた。

ナーナルの専属執事の名はエレン。とある事情により、数年前まで仮の専属執事としてナーナルの遊び相手を務めながら、王都の執事学校へ通っていた。

そこを首席、それも飛び級で卒業したことで、エレンは各貴族の家から引く手あまたとなる。

しかし本人たっての希望で、エレンは引き続きナイデン家の世話になり、ナーナルの専属執事として正式に雇われることを選んだ。

専属執事としてのエレンは、常にナーナルの傍にいた。ナーナルもエレンには心を許しており、他愛もない話から行きつけの喫茶店への付き添い役、書店に使いに出したり、大事な相談をしてみたりと、エレンと言葉を交わさない日はなかった。

その日常が壊れたのは、ナーナルが十六歳の誕生日を迎え、ロイドとの婚約が正式に決まった日のことだ。エレンはその日、ベルギスから新たな命を受けた。

今後はベルギスの専属執事として務めること。

ナーナルとエレンは察した。

任を解かれた理由は言わずもがな、ロイド直々の願いだからだろう。たとえそれが執事であろうとも、年頃の男が婚約者の傍を離れないというのは、ロイドとしては全く面白くない話だ。

故にロイドはナイデン家に訴え、ベルギスがそれを承諾した。

それからは、ナーナルとエレンが言葉を交わす一切の機会が失われ、その声色も忘れかけていた。

「……久しぶりにエレンの声を聞いた気がするわ」

「二年振りですからね。私の名前を覚えていてくださり、光栄です」

冗談を口にし、けれども優しく笑うエレンと目を合わせ、ナーナルは頬を緩めた。

「エレン。わたしね、婚約を破棄したの」

「存じております」

「それでね、困ったことにお父様から修道院に入れと言われたわ」

「そちらも同じく。しかしお嬢様のことです、それは断るおつもりですよね」

鋭い。ナーナルは肩を竦めた。

二年前に任を解かれたとはいえ、エレンはナーナルの元専属執事だ。目線や仕草、声色だけで、ナーナルが何を求めているのか見抜いてしまう。

そしてそれは、ナーナルがベルギスの命に従うつもりがないということも然り。

二年前は片時も傍を離れなかったエレンが、今再び自分の傍にいる。そして話し相手になってくれている。たったそれだけのことが、今のナーナルにはありがたかった。

「悩みの種は、すべてですね？」

すべて、とエレンが問う。何が原因なのかを考える段階は、既に過ぎている。

「……エレン。わたしは間違ったことをしたと思う？」

「いえ、全く」

問いかけると、エレンは即答した。その声と反応が心地よく、ナーナルは口の端を上げる。そしてナーナルの反応も、エレンが期待したものと同じだ。

「それなら、どうしてわたしは今、こんなにも困っているのかしら？」

「お嬢様がそれを望んだからでは？」

「っ、……ふふ、おかしなことを言うのね」

「理由は二つございます。一つは、お嬢様が笑っておられること」

どうしてエレンは、そう思ったのか。理由は二つあった。

「私が知るお嬢様は、強気な方です。妹のモモル様には甘いものの、その他の点に関しては自ら率先して行動し、常に最良の結果を残されています。そんなお嬢様が、口では困ったものだと言いつつも、実際には微笑んでいらっしゃる。つまりお嬢様は、今この瞬間を、心の中では楽しまれているということになります。そして二つ目は……」

「もういいわ」

それ以上の説明は不要だ。ナーナルは両手を挙げ、降参してみせる。

先に述べたとおり、ナーナルのことであれば、エレンは何でもお見通しのようだ。

「二つ目がまだですが？」

「これ以上わたしに恥をかかせないで」

「かしこまりました」

エレンは口を閉じ、首(こうべ)を垂れる。

その姿を見たナーナルは、ふう、と一息吐いた。

「エレン。これはわたしの独り言だから、判断は貴方に任せるわ」

きっと、初めから決めていたのだろう。

エレンが来れば今のように、そうでなければ会いに行く。

そしてその手を強引に掴み取って道連れにする。もちろん、エレンに拒否権はない。

実に自分勝手な性格だと自嘲(じちょう)するが、ナーナルはそう思われても構わなかった。

「籠(かご)の中の鳥をね、連れ出してほしいの」

外へ逃がすのではなく、連れ出す。ナーナルはそう言った。

そしてエレンは小さく頷き、返事をする。

「お任せください。必ずや籠(かご)の中の鳥を連れ出してみせましょう」

◇

ナーナルとエレンが二年振りに言葉を交わしてから、一度目の日が昇る。

朝食の席には、既にベルギスとモモルの姿があった。そこにナーナルとエレンが姿を見せる。

「お父様、モモル、御機嫌(ごきげん)よう」

「あら、お姉様！　御機嫌よう！」

「……昨日の今日で、よくも顔を出せたものだな」

元気よく答えるモモルとは対照的に、ベルギスは険しい表情を浮かべている。

「それだけが、わたしの取り柄ですので」

「ちっ、厚顔無恥が。そんなものは取り柄とは言わん」

すっきりした表情のナーナルに目を向け、舌打ちを一つ。

それも束の間、ベルギスは視線を横へと移した。

「ところで、なぜお前がそこにいる」

言葉をぶつける相手は、エレンだ。

エレンはベルギスの専属執事なのだから、その疑問も当然と言える。

「お嬢様が修道院にお入りになると小耳に挟みまして、僭越ながらそのときまでお世話をしたいと思った次第です」

「不要だ。お前は私の執事なのだから――」

「その件ですが、実は本日限りでお暇をいただきたく存じます」

ベルギスの言葉を遮るように、エレンが告げる。

「何だと……？」

「元々、私はお嬢様の専属執事として雇われていました。その任を解かれて以降も、復職する機会を夢見て務めて参りましたが……それが叶わぬ夢となることを知りましたので」

ナーナルのいないナイデン家には、もはや用はない。エレンはそう言っている。

「……貴様、私が主では不服か」

「どうぞご自由に解釈なさってください」

「ふん、ならば今すぐ出ていけ。貴様を雇うのは、もう止めだ」

「そうさせていただきます。この瞬間より、私の主はナーナル様です」

「っ、どの口が……」

「いいじゃないですか、お父様。きっとお姉様が望んだことなのでしょうし、わたくしはお姉様とエレンの意思を尊重したいと思います」

「モモル、しかしだな……」

「それにわたくし、今日はとっても忙しいのです。学園終わりに先方にお邪魔して、お姉様がロイド様との婚約を破棄する旨をお伝えし、わたくしが代役を果たす許可を得なければなりません。ですから、些細(ささい)なことに構ってなどいられませんわ。その代わりと言ってはなんですけど、エレンはお姉様が修道院に入る姿をしっかりと見届けてください。それでこのお話はお終いです。ふふっ」

意地悪そうな笑みを浮かべ、モモルは食事を再開する。

そんなモモルに対し、ナーナルが口を開く。

「モモル、今日も一緒に登校してくれるかしら」

「？　ええ、当然ですわ。だってわたくしたちは仲良し姉妹ですもの。お姉様が修道院に入るまでは、ずっと一緒に居ますわ」

「そうよね、わたしたちは仲良し姉妹だものね」

心にもないことを口にするモモルと、冷めた目を向けるナーナルは、傍から見れば仲良し姉妹なのかもしれない。

だがそれもここまでだ。

モモルはまだ、ナーナルとエレンの企みに気付いていなかった。

◇

朝食を終え、学園に着いた三人。

ナーナルは「用があるの」と言い、モモルの手を引いて真っ直ぐに職員室へ向かった。

そこで挨拶を一つ、続けて一言、

「皆様、御機嫌よう。突然ではございますが、本日をもって自主退学させていただきます」

ナーナルの声が職員室に響いた。

一瞬の静寂のあと、驚愕に満ちた声で職員室が埋まる。

「は……、えっ？　今言うんですか？」

驚いたのはモモルも同じだ。

隣に立つナーナルの顔を見上げ、ぽかんと口を開けている。

学園に着いて早々、自主退学を申し出る。

それはまあいいとして、なぜわたくしまで連れてきたのか。

突飛な行動にモモルは驚きを隠せないが、まだ終わらない。

「ナーナル君、今言ったことは……事実なのか？」

教師が一人、疑問を口にする。

爵位こそ低いが、ナーナルは優秀な生徒だ。教師陣や学友からの評判も良く、誰からも好かれる存在として認識されていた。

そのナーナルが、急に退学すると申し出たのだ。嘘だと思いたいのか、事実を確かめようと試みる。しかし、

「ええ、事実です」

ナーナルはあっさりと肯定する。

教師陣と職員室に居合わせた生徒たちは、その言葉にため息を吐く。

「一体、なぜ……理由を聞かせてくれ」

「実はわたし、婚約を破棄しようと思いまして」

「は？」

その台詞に、全員が目を丸くする。

「ここにいる妹のモモルが、どうしてもわたしの婚約者であるロイド・エルバルド様を譲ってほしいと言うので、その願いを叶えることにしました」

「ちょ、おねっ、お姉様!?　急に何を――」

「本当のことを言いますと、わたしは婚約を破棄するつもりはございませんでした……。ですが、モモルとロイド様が共に一夜を過ごした仲と知り、わたしには二人の愛を止めることはできないと悟り、諦めることといたしました」

「――ッ!!」

それをここで言うのか！　モモルは心の中で絶叫した。

「お姉様ッ、二人だけの秘密だと言いましたよね？　約束は守ってくださらないと困りますわ！」

小声で訴えるモモルに、ナーナルは優しく笑う。

「二人だけの秘密……？　いいえ、そんな約束は一度もしていないわ。貴女とわたしがした約束は、お父様とお母様に秘密にすることだけ……そうでしょう、モモル？」

「ッ、ううっ、そんなこと……ッ!!」

周囲がざわつく。

職員室のどよめきに興味を引かれた生徒が次々と集まってくる。

何の騒ぎだと耳を傾け、徐々に知っていく。

ナーナル・ナイデンが、妹のモモルに婚約者を寝取られたことを。

「お、お姉様……これはお姉様の恥になりますわ。妹のわたくしに負けた女として一生を過ごすことになってもいいんですか？　今ならまだ撤回できます、早く冗談だと言ってください！」

「あら、おかしなことを心配するのね？　わたしは修道院に入るのよ？　王都中の人たちがわたしを馬鹿にしようとも、その声がわたしの耳に届くことはないと思うのだけれど、違うかしら？」

「っっ」

違わない。

王都の修道院は、一度入れば二度と出てくることができないと言われている。そんな場所に入る姉と比べれば、王都中の人たちから馬鹿にされる方がまだいいだろう。

そう考え、モモルは気を取り直す。

反撃は想定外の事態であったが、ロイドを寝取り、姉を修道院送りにすることができたのだ。これ以上の成果はないといえる。

「それでは皆様、わたしは家へ戻ろうと思いますので、そろそろ失礼いたします」

「家に……って、お姉様？　ここまで来たのに、もう戻るのですか？」

「ええ。伝えるべきことはすべて伝えたわ。あとは身支度をするだけよ」

自主退学するのだから、これ以上学園に留まる意味はない。

確かにその通りなのだが、モモルは何か腑に落ちなかった。

「モモル、わたしの分までしっかりね？」

けれどもナーナルは、モモルに考える隙を与えない。

「も、もちろんですわ。お姉様に言われるまでもありませんから」

もういい。ナーナルがいる限り、騒ぎは大きくなり続ける。早く帰ってくれた方が自分のためだ。

その結果、モモルは二人の背を見送り、事態の収束を図るのであった。

◇

朝の学園での一騒動から、半日が過ぎた。

既に日は落ち、王都には夜の帳が下りている。

そんな中、規則正しい馬の蹄の音が響く。と同時に、白い息が二つ交じり合う。

「――ここまで来れば、安心かと」

エレンが籠の中の鳥を連れ出してからしばらく、その姿は王都の外にあった。

手綱を緩め、馬上から来た道を振り返ってみるが、そこには何もない。王都は、既に目に見える距離ではなくなっていた。

「結構、走ったわね」

背をエレンに預けたまま、ナーナルが呟く。

「お嬢様は確か、王都から出るのは初めてでしたね」

「ええ、ずっと夢見ていたわ……。いつの日か、外の世界をこの目に映したいって」

エレンの声に、ナーナルが頷く。それは他愛もない話の一つだ。

ナーナルが外の世界に憧れを抱いたのは、エレンがまだ専属執事だった頃のこと。暇さえあれば、外の世界の話や物語をおねだりしたものだ。その経験が今のナーナルを作り上げていた。

「いかがですか」

エレンが感想を求める。

だが、ナーナルは首を横に振り、小さく笑った。

「外の世界は広いのでしょう？　まだ何も言えないわ」

家に戻ったあと、ナーナルは修道院に入る振りを続け、身支度を整えていった。

準備ができたらそのまま、両親とモモルには何も伝えずにエレンと二人で馬に跨り、家を抜け出したのだ。

その際、ナーナルは手持ちの貴金属をお金に換えようと思っていたが、残念ながら時間が足りず、そこまではできなかった。

とはいえ、旅の資金は問題ないとエレンが言う。ナイデン家に勤めていた頃に貯めたお金があるから、ナーナルが心配することはないのだと。

もちろん、それでも困ることがあれば、改めて換金すればいい。

故に、金銭面での不安はなかった。

「そういえば、結局行き先をまだ決めていなかったわね……。エレン、どこかおすすめはある？」

「国内では旦那様に見つかり連れ戻される恐れがございますので、隣国まで行くのがよろしいかと」

「隣国……確かローマリアだったかしら」

「はい。商人が治める豊かな国であり、私の故郷でもございます」

「えっ、エレンってローマリアの出身なの？　今初めて知ったわ」

王都の出だとばかり思っていたが、どうやら違っていたらしい。

どうして話してくれなかったの、とナーナルは少しだけ頬を膨らませる。

「まあいいわ。それなら行き先はローマリアにしましょう。着いたら案内してくれる？」

「もちろんです。……ただ、ローマリアに到着後で構いませんので、私からも一つお願いしたいことがございます」

「珍しいわね、エレンがお願いごとだなんて」

隣国に着いてからも、エレンはナーナルの傍にいるつもりだ。

主に言われたからとはいえ、王都の外までついてくる必要など本当はない。

けれどもエレンは、あえてその道を歩むことを決めた。それは心に秘めた想いがあったからだ。

「そのお願いは、わたしが叶えてあげられるようなことなの？」

「……非常に困難ですが、恐らくは」

「あいまいな答えね……でも、エレンはわたしならできると思っているのね？」

そう聞くと、エレンは頷いた。

それを見て、ナーナルはさらに続ける。

「それなら、迷わずわたしを信じなさい。貴方の願いが何なのかは知らないけれど、絶対に叶えてあげるから」

「頼もしいお言葉です」

力強い返事に、エレンは口元を緩める。

それを見たナーナルも、柔らかな笑みを浮かべた。

「エレン。これから貴方とわたしは、一心同体よ。だから何があっても離れたらダメ。いいわね？」

「それは命令ですか」

「違うわ。これもわたしのお願いの一つ。だから聞いてちょうだい」

「そういうことであれば、喜んで」

命令よりも、お願いの方がいい。エレンはしっかりと頷いた。

「ところで……本当に後悔してない？　わたしについて来なければ今も――」

「お嬢様の傍にいられることは、私にとってはこの上ない喜びです」

その言葉に、ナーナルはさらに頬を緩める。

今後は普通に暮らすこともままならないかもしれないが、ナーナルは一人ではない。

それがとても心強かった。

「頼りにしているわ、エレン」

第二章　外の世界

その日は、森を越えた先の村で一夜を明かすことにした。

「……ねえ、エレン。馬鹿にされても構わないから、言いたいことがあるのだけれど」

村に入ると、辺りを歩く住民の姿を眺める。

どこでも見られるような当たり前の光景を前に、ナーナルの胸は高鳴っていた。

「王都以外にも人がいるのね」

当然のことと頭では理解していながらも、口にせずにはいられない。

王都の外に出る必要も理由もなかったナーナルだから、それも仕方のないことだ。

「私も、元は王都の外の人間です。その世界を楽しんでいただけたのであれば光栄です」

ナーナルの抱いた感想を、エレンは馬鹿になどしない。するはずがない。

エレンは何があろうともナーナルの味方なのだ。

「あ、……えっと、このあとはどうすればいいのかしら」

一先ず(ひとま)、村に入ることはできた。

しかしこのあと、何をすべきなのか、箱入りのナーナルには分からない。

「ご安心ください」

何をすればとナーナルが迷っている間に、エレンは宿の手配を済ませてしまう。

この村を訪ねる旅行者や行商人は思いのほか多く、幸いにも二人を怪しむ者はいなかった。

◇

「部屋はこちらのようですね」

宿の亭主から鍵を受け取り、ナーナルとエレンは部屋へ向かう。空きがなかったので、取った部屋は一つだ。

鍵を開け、室内に入ってみる。簡素な作りだが、寝泊まりするには十分だった。

ただし、問題が一つ。

「……エレン、ベッドが足りないわね」

見たところ、室内にはベッドが一つしかない。

「そのようで」

「その様子だと、まさか知っていたの？」

問うと、エレンは素直に頷く。

「私はお嬢様の執事です。その身をお守りする役目がございますので、ベッドは必要ありません」

ベッドで眠るのはナーナルで、エレンはその身を扉の前で守る。

執事たるエレンの中では、その構図が出来上がっていた。

「はぁ……。エレン、貴方はわたしの従者ではないのよ？　それに、今は執事でもないわ」

「いえ、それは間違いです。今朝、お嬢様に再雇用されたと記憶しております」

その台詞を耳にして、ナーナルは大きなため息を吐く。

ここはナイデン家ではない。本来なら家を出た時点で、主従関係は切れている。

それでもかしこまるエレンの手を、ナーナルは思い切って掴んだ。

「お嬢様？」

「その呼び方はやめて。これからはナーナルと呼んでほしいの」

「ですが」

珍しく、エレンの目が泳ぐ。

それが面白かったのか、ナーナルは意地悪そうに笑った。

「ソファがあるでしょう？　わたしがそこで眠るから、エレンはベッドで寝てちょうだい」

「お嬢様がソファで眠るなど、とんでもございません」

「だったら、わたしと一緒に寝る？」

いつもは、エレンに冗談を言われる側だった。

だからこんなときぐらい、仕返しをしてもいいだろうと思ったのだ。

「……そう、ですね。……ではお言葉に甘えて」

「うん、うん……え？　……へっ？」

「今宵は、お嬢様と……いえ、ナーナル様と、ご一緒させていただきます」

「――ッ⁉」

まさか、真に受けたのか。

ナーナルは目を見開き、慌ててエレンの顔を見る。すると、

「冗談ですよ？」

泳いでいたはずのエレンの目は、いつの間にか元に戻っていた。

つまり、結局のところ。

「ッ、……エ、エレン。貴方って人は、本当にもう……ッ」

ナーナルはまたしても、からかわれてしまったということだ。

ひと悶着（もんちゃく）あったが、結局はエレンはソファで眠ることが決まった。本人は最後まで拒んでいたが、ナーナルに押し切られた形である。
からかったことを申し訳ないと思うのであれば、この条件を呑みなさい。
そう言われてしまっては、さすがに断りようがない。ナーナルにとっては、痛み分けといったところだろうか。
そして今、二人は宿の外に出て、村を散策中だ。王都とは比べ物にならないが、それなりに賑（にぎ）わっている。旅行者や行商人向けの屋台や露店がいくつか並んでおり、眺めるだけでも楽しい。

「あれはなに？　――あっ、そっちのお店に並んでいるものは？」

王都にいた頃、ナーナルは家と学園を往復するだけの毎日を送っていた。

学園では学友と共に勉学に励み、家に戻ってからは復習と予習、さらには礼儀作法などを学んだ。

夕食が終わると、ようやく自分の時間を作ることができるが、本を読んだりお茶を淹れたりすることぐらいしかできなかった。

だが、詰まらないと感じたことはない。自分の好きなことや、好きなもののために、時間を費やす。それがナーナルにとっての贅沢であり、癒しなのだ。

そんな毎日の中で特に心をくすぐられていたのは、学園にある図書館だった。

図書館には数多の物語が存在し、出番を待ち侘びているのだ。心が躍らないはずがない。

外の世界に興味を持ってからというもの、ナーナルはずっとそうだった。

「ナーナル様、少し落ち着きましょう。そんなに急がなくともお店は逃げたりしませんよ」

「分かっているわ。でもね、こういうところは初めてで……」

王都の外の世界は、自分にとって本の中の世界と同じだ。今、自分はその中にいる。

だから、ナーナルは図書館にいるときと同じように、夢中になっていた。

◇

「……エレン、これがほしいのだけれど……お金はある？」

しばらく歩き、ナーナルは古書を扱うお店の前で立ち止まった。

積み上げられた本を手に取り、題名を確認する。王都にいた頃は、限られた時間の中で面白そうなものを見繕（みつくろ）う必要があったから、じっくりと選ぶことができなかった。

しかし今は違う。

エレンと共に家を出てから、ナーナルは自分のための時間を生きている。

「もちろんです。……その本に決めてしまって良いのですか？　まだ時間はございますので、ごゆるりとお選びください」

「ありがとう、エレン」

エレンの心遣いが嬉しくて、ついつい口元が緩む。

それなら、ここにあるすべての本を吟味（ぎんみ）しよう。ナーナルは気合を入れた。

「ただし、この時期はまだ冷え込みます。文字が見えなくなるまでにはお決めください」

「善処（ぜんしょ）するわ」

「善処（ぜんしょ）ですか……参りましたね」

季節は間もなく春を迎える。肌を突き刺すような寒さを感じることは少なくなったが、夜の間は息が白くなるので、まだ油断は禁物（きんもつ）だ。

しかしながら、ナーナルの勢いは止まりそうにない。

両の瞳を輝かせ、本の頁（ページ）を捲（めく）るナーナルの背に、エレンは己のローブを羽織らせる。

「……エレン？　これでは貴方が風邪を引いてしまうじゃない」

「そう思うのでしたら、善処、ではなくできるだけ早くお決めください」

「ふふ、考えておくわ」

少しだけ意地悪そうに笑みを浮かべ、ナーナルは再び本の虫となる。

その姿を後ろから見守り、エレンもまた頬を緩めるのだった。

結局、ナーナルは一冊しか買わなかった。

「本当に、それだけでよろしかったのですか？」

「わたしたちは旅行者……いいえ、逃亡者よ。荷物が多いのは困るでしょう？」

この村に、二人が根を下ろすことはない。

ここは中継地点であり、二人の旅は始まったばかりなのだ。

「それにね、一度読み終えても、また読み返せばいいわ。この本が綴る物語は、いつでもわたしのことを待っていてくれるもの」

エレンのお金だからと、遠慮したわけではない。

ナーナルには自分の考えがあり、数多くの本の中からそれを選んだのだ。

「一度読了したら、飽きてしまいませんか」

「二度目には二度目の発見があるものよ。もちろん、三度目にも、ね？」

ナーナルにとって『本』とは生活の一部であり、己を楽しませてくれる特別な存在だ。

それも一度だけではなく、何度でも。

「さあ、帰りましょう？」

本を抱えたまま、ナーナルは借りていたローブを脱ぎ、エレンに羽織らせる。

食事は宿の中で済ませることができるので、これで村の散策はお終いだ。明朝にはここを発ち、次なる中継地点を目指すことになる。

遅くなる前に、二人は宿へと戻ることにした。

「時が経つのは、あっという間ね」

空を見上げ、ナーナルが口を開く。

「今頃、あちらは大騒ぎかしら……」

ロイドとの婚約を破棄し、真実を学園でぶちまけ、挙句の果てには父の命に背いて行方をくらませたのだ。騒ぎにならないはずがない。

「そうですね……仮に、まだ私がナイデン家にいたのであれば、今頃血眼でナーナル様のお姿を捜しているでしょう」

「エレンのそういうところ、好きよ」

何気ない言葉の一つに、エレンの肩が僅かに揺れる。

だが残念ながら、ナーナルがそれに気付くことはなかった。

◇

宿に戻って食事を済ませた二人は、部屋で言葉を交わし合う。

それは空白の期間を少しずつ埋めていくための、大切なひと時だ。

主と執事だった、あの頃のように。

「――そろそろ、お休みになりますか」

今日は長い時間、馬を走らせ、村についてからもお店巡りをした。

その結果、知らず知らずのうちに疲れが溜まっていたのだろう。ナーナルの瞼(まぶた)は重くなっていた。

「……ええ、そうしようかしら」

ふわぁ、とあくびを一つ。

明日も早い。二人並んでソファに座って語り合うのは、次にしよう。

「さあ、ナーナル様。そろそろベッドに……」

エレンがソファから腰を上げ、ナーナルに声をかける。

すると、ナーナルがエレンの手を取った。

「……もう少しだけ、ここに座っていてもいい？」

「ソファは私の寝場所ですが」

「分かっているわ。だからわたしが眠るまでの間でいいから、お願い」

ナーナルの寝場所はベッドだ。けれどももう少しだけ、ナーナルはエレンの傍にいたかった。

「ではせめて、風邪を引かないようにいたしましょう」

ナーナルの手を放し、エレンはベッドの上から毛布を取る。

ソファに戻り、ナーナルの隣に座ると、二人で毛布に包まった。

「なんだか、遊んでいるみたいね」

くすっと笑い、ナーナルはエレンに寄りかかる。そして瞳を閉じた。

「……感謝しているわ、エレン」

ぽつりと、想いの丈をこぼす。

その何気ない台詞の中には、言い表せないほどの想いが込められている。

エレンがいるから、自分はここにいる。

希望を持ち、歩みを進めることができている。

「それは私の台詞ですよ」

そしてエレンもまた同じく、ナーナルへの言葉にできない想いを胸の内に抱えている。

「貴女が見つけてくれたから、私は今ここに……」

隣に座り、眠りに落ちるナーナルに向けて。

聞こえていないことを確認したうえで、エレンは優しく微笑んでみせる。

伝えることができる日が来るか否か、まだ分からない。

たとえ来なかったとしても、傍に居続け、守り抜いてみせる。そう誓った。

「おやすみなさい、ナーナル様」

執事に身を任せ、主は舟をこぐ。

そんな主の傍で幸せを噛み締めながら、執事はその安らかな寝顔を見守り続けた。

瞼の裏に、ナーナルは薄らと日の輝きを感じ取る。夜が明けたのだろう。

「……んぅ」

起きなければと、身を捩る。

しかし狭い場所にいるのか、上手く体勢を変えることができない。

「お目覚めですか？」

不思議に思っていると、すぐ近くからエレンの声が聞こえた。

まだすっきりしない頭を振って、ナーナルは瞼を開けてみる。すると、

「……エレ……ン？」

目の前に、エレンの顔があった。

「――ッ!?」

ここでようやく、ナーナルは思い出した。

昨晩、眠りに落ちるまでの間、自分はエレンと二人でソファに座っていたはずだ。

だが、なんだこの状況はと目を動かす。

寝落ちしたのは理解できる。

ではなぜ、エレンに『膝枕』されているのか。

「ご、ごめんなさ……っ」

飛び起きたナーナルは、エレンの傍から離れる。

余りの衝撃に心臓が高鳴り、全く落ち着かない。

「？　何を謝られているのですか」

けれどもエレンは、いつもと変わらぬ表情を浮かべている。

年頃の乙女に膝枕をしていたくせに、その余裕はどこから出てくるのか。

「ッ、……ううっ、なんでもないわ！」

怒りをぶつけるわけにもいかず、ナーナルは悔しそうに目を逸らす。

恐らくエレンは、ソファで眠ってしまった自分を起こさないように、その身を犠牲に枕役を果たしてくれたのだろう。だとすれば、きっと彼は十分な睡眠を取ることもできなかったはずだ。

逸らした視線をゆっくりと戻し、ナーナルは再びエレンと目を合わせる。

「……エレン、貴方は眠れたの？」

「いえ、残念ながら全く」

「――ッ!!　やっぱり……」

「ナーナル様の寝顔を見ていると、眠気など吹き飛んでしまいますので」

「そう、それは本当に申し訳ないことを――って、そっち!?　それが原因なの!?」

訊ねると、エレンは意地悪そうに口角を上げた。

ナーナルは、またしてもからかわれたのだ。

「……もうっ、心配させるような冗談は禁止よ、いいわね！」

「かしこまりました。それでは間もなく朝食の時間となりますので、私は部屋の外で待機いたします。準備が整いましたらお知らせください」

一礼し、エレンが部屋の外へ出た。扉一つ隔てて、エレンはナーナルが身支度するのを待つ。

その一方で、部屋に残されたナーナルは上気した頬を両手で覆う。

「ひ、……ひざ、まくら……エレンに、膝枕されていただなんて……ッ」

身悶えし、ソファの上で丸くなる。

ナーナルは恥ずかしくて一歩も動けない。

しかしエレンを待たせているのだから、早く支度をしなければならない。

無理矢理に羞恥心を胸の奥に押し隠すと、ナーナルは手早く身支度して息を整える。

そして部屋の外に出て、エレンと二人で朝食を取りに向かった。

朝食を終えてから、数時間が過ぎた。
村を訪れていた行商隊の隊長と交渉し、二人は彼らの馬車に相乗りさせてもらうことになった。

次なる中継地点に着いたら、村まで駆けてきた馬を対価に渡すのが条件だ。

これはベルギスやモモル、さらにはロイドが二人の行方を捜すのを見越し、村で手放すよりも足がつきにくいと判断したからだ。

「……あぁ。この村とも、そろそろお別れね」

出発前、ナーナルは再び古書を扱うお店に顔を出す。

一日にも満たない滞在時間ではあったが、この村ではいくつかの初めてを経験した。そのどれもが素晴らしく、ナーナルの心を満たしてくれた。この先も忘れることはないだろう。

「またいつか、足を運びたいものね……」

追われる心配もなく、のんびりと。

今日と同じく、隣にはエレンがいてくれたらいいな。

「お供いたします」

その想いを知ってか否か、エレンが同調する。

「ふふ、約束よ」

揺るぎない意志を感じる台詞を耳にして、ナーナルは柔らかな笑みを浮かべた。

やがて行商隊の許に戻った二人は、馬車へと乗り込む。それからしばらくすると、馬車はゆっくりと動き始めた。

第三章　港町ヤレド

外の世界は、実に広大だ。

王都という名の鳥籠の中に居たままでは、何も知らずに生きて死んだのだろう。

胸が高鳴る。次はどのような出会いがあるのだろうか。

……行商隊の馬車での旅は、お世辞にも快適と言えるものではなかった。

元々、人を運ぶためのものではなく、客席はない。積み荷と共に揺られて長時間の移動ともなると、体の節々やお尻が辛くなってくるのも仕方のないことだ。

しかしだ。それを上回る発見が、ここにはあった。

行商隊の人たちと言葉を交わすことで、外の世界の話を中心に、ナーナルは様々なことを教えてもらった。どのような経緯で行商人となったのか、故郷が恋しくならないのか、そんな身の上話から始まり、これまでに訪ねた国や町村で、特に印象に残ったお店や食べ物、風習など……

王都で生活しているだけでは知りえなかった世界を前に、ナーナルは興奮しっ放しだ。

忘れないようにと、耳にした話を手帳に書き残し、いつかその地を訪ねたとき、己の目で確かめようと心に決めた。

もちろん、言葉を交わせば話を振られることもある。

残念ながら、あまり深い話をすることはできなかった。痕跡を残し、ベルギスの耳に入れば、連れ戻される可能性があるからだ。

だが、そんな事情を持つナーナルたちにも行商人たちは優しく交流的だった。そのため、隣に座るエレンと共に、楽しく賑やかな時間を過ごすことができた。

ナイデン家にいた頃は、無駄口を叩くことを許されず、学園では貴族としての振る舞いを求められるため、ほとんどの生徒が心に仮面を付けていた。中には本当の顔を見せてくれる者もいたが、それもごく僅かな親しい友人だけだ。

一方で、ここにいる人たちは、ナーナルが貴族であることを知らない。

身分を隠していることに申し訳なさを感じてもいたが、それよりも顔色を窺わずに気さくに声をかけてくれることが嬉しく、時間を忘れて談笑に花を咲かせた。

「はあ……少し疲れたかも」

「二時間ほど経っておりますので、当然かと」

「えっ、そんなに……!? それも、いつもの冗談よね？」

嘘だろうと否定すると、エレンがローブの袖から懐中時計を取り出した。

横から覗き込んで針の位置を見てみると、確かに時間が進んでいた。

「エレン、ごめんなさいね？　こういうのってあまり慣れていなかったものだから、つい……」

「謝らないでください。ナーナル様の、あのように無邪気なお顔を見ることができて、私も楽しませていただきました」

エレンの返事に、ナーナルはホッと胸を撫で下ろす。

「ふふ、エレンと二人きりで外を旅するのも凄く刺激的だけれど、こうしてたくさんの人や荷物に囲まれながら旅をするというのも、何だかとても面白いものね」

これは一期一会の、ほんのひと時の出会いにすぎないかもしれない。

しかし、今までの味気ない生活よりも楽しくて記憶に残るものとなった。

「お話しなさった中で、何か気になることはございましたか？」

「そうね……ヤレドの話が興味深かったわ」

港町ヤレド。

二人を乗せた行商隊の馬車が向かうのは、ヤレドという名の大きな港町だ。

その名の通り、ヤレドは海沿いの、漁業が盛んな町である。波が穏やかで泳ぎやすく、観光地としても人気がある。屋台や食堂には新鮮な海の幸が用意されていて、美味しいと評判だ。

しかし、そんな中で最も人気なのは『喫茶店』だった。

行商人から聞いた話によれば、お洒落（しゃれ）なものから庶民的なもの、会員制のものに隠れ家的なものなど、数え切れないほどの喫茶店が軒（のき）を連ねているらしい。あまりにも人気で、ヤレドが独自の喫茶本を発行するほどだ。

「喫茶店がたくさんあるだなんて素敵よね……王都では決まったところにしか行けなかったでしょう？　だから、時間さえあればすべての喫茶店にお邪魔してみたいわ」

「全店を制覇（せいは）する頃には、お腹が膨れ上がっていますね」

「うっ、分かっているってば」

王都には、庶民お断りの喫茶店がある。味も接客も店内も、何もかもが整った空間だ。ナーナルが通っていたのも、そういう喫茶店だった。

しかしながら、逆に言えばナーナルは他の喫茶店を知らない。

まだ幼い頃、モモルの手を引いて別の喫茶店の前まで行ったこともあるが、結局はあと一歩のところで引き返してしまった。

だから、ヤレドにはどんな喫茶店があるのだろうかと憧れる。

「そうだわ。喫茶店の話をしていたら久しぶりにエレンの淹れた紅茶が飲みたくなったかも」

「ご所望とあらば」

話の流れでさらっと口にしたが、旅の途中なのだから飲めるはずがないことは分かっている。

なのに、エレンは了承した。

ナーナルが行商人たちと談笑する横で、エレンは会話の内容を記憶していたのだが、その中に茶葉の話があったのだ。

「次の休息時に隊長と交渉してみます」

「え、え？　……本当に飲めるの？」

「丁度、ナーナル様に紅茶を淹れて差し上げたいと思っていたところですので」

そう言って、エレンは口角を上げてみせた。

◇

程なくして、馬車が止まった。

休息に入ると、エレンはナーナルとの約束を守るため、早速とばかりに交渉に向かう。

隊長に訊ねたところ、行商隊が扱う茶葉の種類は十を超えていた。

実際に飲んだことのあるものから、名前も聞いたことのないものまで吟味する。

行商用の茶葉の中には、王都が産地のものもあった。これを選べば、慣れた味と香りを楽しむことができるだろう。

また、候補の中にはいくつかの香草茶もあった。

香り高いのが特徴であり、リラックス効果があるとされている。馬車での旅を続ける上で、心を休めることができるのは非常にありがたい。

だが、今回は別の茶葉を選ぶことにした。

「こちら、北方の国より仕入れた紅茶とのことです」

残念ながらティーカップはない。仕方なくコップに茶を淹れ、ナーナルに手渡す。

「北方の……ふうん、濃い目なのね」

コップを受け取り、ナーナルは香りを堪能する。

茶の色は濃く、味が気になるところだが……

「こちら、飲まれる前に口にお含みください」

紅茶と共にエレンが差し出したのは、ジャムとスプーンだ。

味を変えるものとして、砂糖そのものではなくジャムを用意したのだ。

直接入れたら、せっかくの熱さが損なわれてしまう。

そのため、ジャムを一口。

それこそが、この紅茶の楽しみ方だ。

「ジャムと一緒に……それじゃあ、いただくわ」

ナーナルはまずは一口、お茶そのものの味を確かめてみる。

エレンが淹れてくれた紅茶は、夜風に冷えた体を芯から温めた。鼻をくすぐる香りにも癖はなく、すんなりと受け入れることができる。

ただ、これだけでは物足りない気がする。

今度はジャムを口に含み、紅茶を飲む。

「んっ、……これは面白いわね」

すると、果実の甘さが絶妙に混ざり合い、味に変化をもたらした。

ジャムの量を変え、口に含む紅茶の量を変えて、その都度、変化を楽しむことができる。

だからか、ナーナルは面白いと口にした。

ジャムを用いた飲み方は、砂糖では表現することのできない独特な甘さを教えてくれる。

「……うん。とても美味しかったわ。ご馳走様、エレン」

少しして、紅茶を飲み終えたナーナルはエレンに感謝を告げた。

「ご満足いただけましたようで、なによりです」

「ええ。貴方のおかげで、また一つ素晴らしいものと出会うことができたわ」

初めての味は驚きに満ちていた。

だが、これで終わりではない。これから先の旅も、驚きの出会いが訪れるだろう。

エレンの声に、ナーナルは頬を緩めるのだった。

◇

数日後、二人を乗せた行商隊の馬車は、港町ヤレドに到着した。

少し離れた場所で馬車を降り、二人は隊長と握手を交わす。そのまま馬車の背を見送ってから、時間差でヤレドの町へ足を踏み入れた。

「潮の香り……ここがヤレドなのね」

視界いっぱいに広がる海。町全体を潮の香りが包み、波の音が自然と溶け込んでいる。

日の光を浴びた砂浜は宝石のように白く輝き、ここに来る者すべてを歓迎しているかのようだ。

馬車の中から遠目には見えていたが、ナーナルは改めて思う。

この町は、美しい。

「宿へ参りましょう」

見知らぬ町の風景に感嘆するナーナルをよそに、エレンが口を開く。

何をするにも、まずは寝床の確保が先決だ。

ナーナルはエレンと共に、宿を探すことにした。

喫茶店を巡るのは、それが終わったあとだ。しかし、

「あっ、あれって喫茶店よね？　あっちのお店もひょっとして……ねえ、あれもじゃない？」

ほんの少し歩を進めるだけで、目に入る。

様々な喫茶店が、ここぞとばかりにナーナルを誘惑しているのだ。

「ナーナル様」

「うぅ、……分かっているわ。先に宿を取るのでしょう？」

本当は、今すぐにでも見て回りたい。喫茶店をはしごしたいと思っている。

だが、エレンにたしなめるように呼ばれてしまい、ナーナルは自分に言い聞かせる。もう少しの辛抱（しんぼう）だからと。

我慢するナーナルの横顔を見ながら、エレンは口元を緩めた。

あらかじめ、隊長からヤレドの情報を得ている。宿の目途（めど）もついているので、そう長く待たせることはないだろう。と同時に、企みが一つ。

「着きましたよ」

浜辺沿いにしばらく歩いていくと、妙な形の建物が見えてきた。

エレンはその前で立ち止まると、ナーナルに告げる。

「この宿に泊まります」

「……これ、宿なの？　わたしには船にしか見えないのだけれど……」

ナーナルの言う通り、その宿は船の形をしていた。

「こちらの宿は、船の造りを真似ているとのことです。きっと、ナーナル様もお喜びになるかと思います」

「そ、そう……？　でもわたし、船が特別好きなわけでは……あっ」

言葉の途中で、ナーナルがそれに気付いた。入口の看板に書かれた店名は……

「喫茶【宿船(やどふね)】……？　エレン、もしかしてここって……」

「お察しの通り、宿でもあり、喫茶店でもございます」

エレンが選んだのは、喫茶店のある宿であった。

「っ、行きましょう。早く確かめないと」

ナーナルは早速、喫茶【宿船】の扉を開け、中に入ってみる。

店内は少し薄暗く、それが落ち着く雰囲気を演出していた。

「すごい……本当に船の中にいるみたい」

感嘆(かんたん)し、店内を見渡す。カウンターが十席ほどに、二人がけのテーブル席が三つ。店の奥には三人以上同時に座れる広めの席も用意されていた。

「いらっしゃい。喫茶と宿、どちらをご利用で？」

店内に見惚(みと)れていると、店主と思(おぼ)しき男性が声をかけてきた。

「あ……ええと、喫茶を……」

「ナーナル様」

「っ、そうだったわ」

ついつい喫茶と答えてしまったが、二人がここに来たのは宿に泊まるためだ。

エレンに名前を呼ばれたナーナルは、我に返る。

「宿を借りたいのですが、部屋は空いていますか」

「ああ、宿ですね？　でしたら奥のカウンターに母がおりますので、そちらへお進みください」

結局はナーナルに代わり、エレンが店主に尋ねた。

喫茶店とは別に、宿用のカウンターがあるらしく、店の奥へ続く通路を進む。

一番奥のテーブル席を越えると、今度は別のカウンターが姿を現した。

そこには、老齢の女性が一人座っている。

「おや、いらっしゃい。お泊まりかい？」

「はい。二人部屋を一つお願いしたいのですが、空きはありますか」

エレンは迷うことなく、二人部屋を指定する。

実はここに到着する直前まで、部屋をどうするかでナーナルと口論になっていた。

村の宿では同じ部屋に寝泊まりしていたが、エレンにとってナーナルは主だ。同じ部屋で舟をこぐなど、もってのほかだと主張した。

一方でナーナルは、部屋を二つ取れば、誰が自分を守ってくれるのかと訊ねた。隣同士の部屋を取ったとしても、何かあってからでは手遅れだ。

ならばいっその事、二人部屋を借りて傍にいてほしい。

この問答で、見透かされていたのはエレンの方だ。部屋を二つ借りたとしても、エレンはナーナルの身の安全を確保するため、夜も眠らず、扉の前に待機するつもりだった。

村で話したときにエレン自身が言ったことなので、ナーナルはそれを上手く利用した。

そして結局、エレンが折れた。渋々ではあるが、二人部屋を借りることを決めたのだ。

「参りましょう」

「ええ、どんな部屋か楽しみね」

エレンは宿泊代を支払うと、部屋の鍵を受け取った。

「今度はベッドが二つあるはずだから、ソファで眠るようなことはしないでね」

ナーナルはご機嫌に言った。

そんな楽しそうな声を聞いてしまったら、同意するほかに選択肢はない。

「仰せのままに」

エレンは諦め気味に笑い、返事をするのだった。

◇

喫茶【宿船】は、店主プリオと、その母カルデの二人で営んでいる。宿担当がカルデで、喫茶担当がプリオらしい。

二人部屋を借りたナーナルとエレンは、扉を開けて中を確認してみた。喫茶と同じく、宿の部屋もまるで船内のような作りになっている。特別豪華というわけではないが、清掃が隅々まで行き届いているのは、カルデの手腕だろう。

「ベッドが二つ。これでエレンも安心して眠ることができるわね」

ナーナルがベッドに手を置いて、ゆっくりと押してみる。程よい硬さで、眠るには問題なさそうだ。ベッドのほかにも、テーブルが一つに椅子が二脚、部屋を暖かくするための暖炉、それと小さな本棚が置いてある。

宿泊客が暇を持て余すことがないようにとのカルデの計らいだ。数十冊の本を自由に読むことができるようになっていて、本好きのナーナルには嬉しいおもてなしといえよう。

「手洗場と洗面所、それと浴室も備え付けですね」

「えっ、本当に？」

ベッドに腰を下ろしていたナーナルは、勢いよく立ち上がる。

室内の扉を開いてみると、エレンの言う通り、洗面所を見つけた。そこからさらに二つの扉が現れ、一方は手洗場、もう一方は浴室になっている。

村の宿には、残念ながら共同のものしかなかった。

また、行商隊の馬車で移動する間は河で水浴びをするしかなく、それもできないときには、布に水を含ませて体を拭くのが精々だった。

王都を出てからというもの、その点に関してはずっと苦労をしてきたのだ。

だから、部屋に専用の浴室があることにナーナルは心の底から喜んだ。

「エレン、早速で悪いのだけれど……」

「お湯を溜めてまいります」

待ち切れないのだろう。ナーナルが期待を込めた声を出す。

当然それを予想していたエレンは、先回りして受け入れた。ヤレドまで、ナーナルには随分と不便な思いをさせてしまった。この宿は、そのお詫びも兼ねている。

喫茶【宿船】の宿泊客は、喫茶の利用が安く済むだけでなく、営業時間外でも利用することができる。夜、眠れないときや、気分を変えたいとき、時間を気にせず顔を出せる空間があるならば、きっと気に入ってもらえるはずだ。

そう考え、エレンはここに泊まることを決めた。

それほど長居はしないが、せめてヤレドにいる間は、身も心も安心して寛(くつろ)いでほしい。それになにより、ナーナルが喜んでくれるのであれば、エレンはなんだってしてみせると心に決めている。

「あら、ここは鍵がないのね……？　エレン、わたしが入っている間は……」

「お待ちしております」

釘を刺されるまでもない。

先ほどと同じく先回りで了承の言葉を口にして、エレンは目を伏せた。

しばらくして湯浴みを終えたナーナルは、まだ髪が乾かないうちにエレンの手を引っ張り、軽い足取りで部屋の外へ飛び出そうとする。

もちろんエレンはそれを制した。

「そのままでは風邪を引きますよ」

そう言ってナーナルを暖炉の前まで連れ戻し、椅子に座らせた。

そして、タオルで髪を包み込むように水気をとっていく。

「別にこのままでもいいのに、エレンは律儀ね」

「ナーナル様の体調を管理するのも私の役目ですので」

「少しは見逃してもいいと思うのだけれど」

「ダメです」

「もう、エレンったら……」

頬を膨らませるが、エレンの優しい手つきを感じて照れくさくなり、ナーナルはしばし大人しくするのであった。

◇

「まずはやっぱり、ここにお邪魔しないといけないわね！」

それがこの宿に泊まった者の礼儀だと言わんばかりだ。

宿のカウンター越しにカルデに挨拶し、ナーナルは喫茶の方へ向かう。すると、喫茶【宿船】の店主プリオの姿が見えた。

入口ではなく、奥から店内に入るという実におかしな状況だが、これは宿船の宿泊客ならではの光景であり、プリオやカルデにとっては日常の一コマだ。

「無事に部屋は取れましたか？」

二人の顔を見たプリオが、声をかけてくる。

「はい、おかげさまで」

お辞儀をし、エレンは店内を見渡した。

テーブル席はすべて埋まっており、残りはカウンター席が少しとなっている。

ヤレドには、数多くの喫茶店がある。当然、流行り廃りも早く、新しい喫茶店ができては話題になり、その裏で別の喫茶店が人知れず消えていく。

そんな中でも、喫茶【宿船】は三十年にわたり店を続けている。

元々はプリオの亡き父とカルデが喫茶店を開き、彼が成人してからは、宿を加えた珍しい形の喫茶店となった。

地元民に観光客、行商人など、今も昔も多くの人たちに愛される喫茶店だ。

「ここ、座ってもよろしいかしら」

「お二人ですね、もちろんです」

確認を取り、ナーナルとエレンは並んで席に着く。ヤレドに着いて以降、いつ喫茶店に入ることができるのかとソワソワしていたナーナルだが、ようやく願いが叶う。

「こちらがメニューになりますので、決まりましたらお声がけください」

そう言うと、プリオは他の客が頼んだ珈琲を淹れ始めた。

強い香りが広がり、ナーナルの胸を高鳴らせる。

「……あら、王都産の紅茶と珈琲があるのね」

ヤレドは、大陸随一の喫茶店の町だ。

ナーナルたちが同行した行商隊は珈琲豆や茶葉を積み、商売道具として運んできていた。その中には慣れ親しんだ王都産のものも含まれていたから、【宿船】でも仕入れているのだろう。

だが、せっかく外の世界に出たのだ。王都産のものを頼んでは、ここまで来た甲斐がない。

「んん、たくさんあって悩むわね」

ナーナルは真っ先に茶葉を確認したが、実は喫茶【宿船】は珈琲店だ。珈琲の種類だけでも二十を超えている。

それに加えて、数種の紅茶に冷たい果実水、チーズトーストやホットサンドなどの軽食も味わえる。迷い悩むのも無理はない。

「エレンはどれにするの？」

「そうですね……私はブレンドにいたします」

横を向き、エレンに声をかけてみた。

「それでいいの？　もっと珍しそうなものもあるのに」

「まずはこのお店の自慢の味を確かめてみようかと思いまして」

喫茶【宿船】のオリジナルブレンド珈琲。

開店当時から変わらぬ独自の配合による味を提供していると、メニューに書いてある。珈琲と共に、喫茶【宿船】の歴史を味わうこともできる至極の一杯だそうだ。

「ナーナル様はお決まりですか」

「もう少し待って。一軒目だから慎重に決めたいの」

なんのてらいもなく、一軒目と言う。

予想通りだが、ナーナルはこのあと、喫茶店をはしごするつもりだ。

「日が落ちる頃には、お互いお腹が膨れそうですね」

「そ、そんなに何軒も行かないからね？」

エレンが苦笑すると、ナーナルが慌てて返事をする。

「それじゃあ、わたしはチーズトーストと、ロイヤルミルクティーをお願い」

しばらくメニューと睨めっこを続け、その二つを頼むことにした。

今日は思う存分喫茶店巡りをするつもりなので、先に小腹を満たしておこう。ただ、あんまり多くても他のお店が楽しめないから、エレンと半分こで。

そう考え、ナーナルはチーズトーストも注文する。

「……いいお店よね」

注文を終えると、店内の落ち着いた雰囲気にほっと一息吐く。店主プリオの振る舞いや、常連と思しき客たちの会話の端々から、温かみや居心地の良さを感じ取る。

地位や権力を笠に着る者は、ここにはいない。

誰もが対等で、一人の客人だ。

そしてもちろん、ナーナルとエレンもその中に含まれている。

あまり目立たないように、ナーナルは視線を巡らせた。二人がけのテーブル席に座る老夫婦が、仲睦まじそうだ。

「幸せそう」

つい、そんな言葉が漏れる。

モモルと二人、王都にある喫茶店へ足繁く通ったことを思い出す。

自分とモモルも、あの老夫婦と同じように、幸せそうに見えていたのかもしれない。

けれども、ほんの少し歳を重ねただけなのに、今やもうその関係は崩れてしまった。彼等のように末永く共にはいられなかった。

だが、漏れた言葉は決して悲観からのものではない。

その証拠に、ナーナルの瞳は優しさを湛え、口元は緩んでいた。

今、自分の傍にはエレンがいる。何かあれば手を引いてくれる。ただそれだけで、自分は迷うことなく前へ進めている。そして今、幸せだと言い切ることができる。

目まぐるしい環境の変化だけれど、次は何が起こるのだろうかと胸を躍らせるほどだ。

「ナーナル様、間もなくです」

隣に座るエレンの声で、意識が戻る。

言われて視線を移すと、プリオがロイヤルミルクティーを淹れ終えるところだった。

「お待たせしました」

スプーンが付いていない。

まあいいかと、ナーナルは礼を言う。

「いただくわね」

まずは一口。まろやかで濃厚な味わいがする。

ミルクティーの名に相応しく、牛乳が茶葉に含まれる渋みを柔らかくしており、ティータイムをゆったりと楽しむのに打って付けだ。

時間差でブレンドが出来上がり、エレンが鼻を近づけて香りを堪能する。

「……ふむ」

一口含み、舌の上でじっくりと苦みを味わう。一見すると表情に変化はないが、ナーナルには分かる。その出来に、エレンは納得したに違いない。

「チーズトーストになります」

さらに今度は、大きなチーズを乗せたパンが焼き上がり、二人の前に置かれた。

食べやすいようにカットされており、当初の予定通りナーナルはエレンと半分こすることにした。

「あっ、これも美味しい……」

トーストとチーズの間に香辛料を挟んでいるのだろう。若干の辛味が鼻をつくが、それが良い刺激になっている。気が付くと、あっという間に食べ終えていた。

「あら、これって……？」

ティータイムを始めてからしばらくして、ナーナルはその変化に気付いた。

「……ふうん、砂糖が溜まっているのね」

ロイヤルミルクティーを飲み進めると、徐々に甘くなってきた気がしていたが、それは気のせいではなかった。

あらかじめ、砂糖の塊をカップの底に置き、飲みながら味の変化を楽しむように計算されていた。スプーンをあえて付けていないのは、混ぜてしまったら台無しになるからだった。

「エレン。ここは素晴らしい喫茶店ね」

「そう言っていただけると、この宿を選んだ甲斐がございます」

喫茶店でもあり、宿でもある。それが喫茶【宿船】だ。

数え切れないほどの喫茶店が軒を連ねるヤレドの中でも、少しばかり特殊だが、ナーナルは心から満足することができた。しかし、

「さあ、こうしちゃいられないわ！　次の喫茶店に行きましょう」

「……さすがはナーナル様です」

時間は有限だと言わんばかりにナーナルが席を立つのを見て、エレンは苦笑するしかなかった。

◇

ナーナルとエレンの喫茶店巡りは、日が沈むまで続いた。

一軒目の喫茶【宿船】に始まり、紅茶菓子に力を入れた喫茶店や、珈琲豆の種類を売りにしている喫茶店、店内に十四以上の猫が寛ぐ猫喫茶など、どれもこれもがナーナルの目には新鮮に映り、心が躍った。

「はぁ、楽しかった……!!」

満足気な様子のナーナルの手には、菓子の入った小袋がある。二番目の喫茶店で土産用に購入したものだ。

競合だらけの喫茶店の町だからか価格もお手頃で、味見するには丁度良いものだ。

「ナーナル様。夕食は入りますか？」

「うっ」

喫茶【宿船】へ戻る道すがら、エレンが訊ねる。

ナーナルは思わず言葉を詰まらせた。

「……そ、そうね。お腹いっぱいだから、宿に戻ってからじっくり考えるというのはどうかしら？」

「かしこまりました」

ナーナルのお腹は膨れていた。

紅茶や珈琲の他にも、色鮮やかな果実水を飲み干し、おまけに菓子とチーズトーストを平らげているのだ。しばらくは口にせずとも問題ないだろう。

たとえお腹が減ったとしても、二人が寝泊まりする【宿船】は喫茶店だから心配無用だ。

「見て、エレン。灯りが綺麗よ」

港町ヤレドは、喫茶店の町として有名だが、実はもう一つの顔がある。

日が沈み、夜が訪れると、軒を連ねる喫茶店の灯りが町を彩るのだ。

夜遅くまで店を開ける喫茶が多いため、このような現象が起きる。その光景はとても美しく、ヤレドの裏の顔として有名だ。ところが、

「――あら？　灯りが点いていないわ」

二人が喫茶【宿船】の前へ戻ると、灯りが消えていた。

もしかして、既に閉店時間になったのだろうか。

宿に向かうには、喫茶部分を通る必要があるので、閉店したとしても構わず店の扉を開けていいらしい。なんだか不思議な気持ちになりながら扉を開けると、プリオと目が合った。

「おかえりなさいませ」

二人の顔を見て、プリオが声をかける。

店内の灯りはすべて消え、窓からの灯りに頼るのみ。そんな薄暗い空間の中、カウンター席に三名、客の姿があった。その内の一人に、プリオが珈琲カップを差し出すと同時に火を点ける。

「あっ」

それは、実に幻想的な光景だった。

注文されたのはカフェ・ロワイヤルと呼ばれるアレンジ珈琲だ。

専用のスプーンをカップにセットし、その上にブランデーを染み込ませた角砂糖を乗せて火を点ける、ユニークな飲み方の一つである。

プリオが角砂糖に点けた火は、淡く青い色の炎となって薄暗い店内を明るく照らし出した。

燃焼させたブランデーの芳醇な香りと豊かな珈琲の香りが混ざり合い、甘美な雰囲気が漂う。

「ご協力に感謝します」

演出が済んだのだろう。プリオが店内の灯りを点け直した。

先ほどまでの幻想的な世界から、現実に戻ってくる。

「……エレン、わたしもアレを注文してみたいわ」

「ナーナル様は酒類が苦手だったと記憶しておりますが、それでも頼まれますか」

「う、……うう、それならわたしの代わりにエレンが頼むのはどうかしら？」

もう一度、見たい。それも目の前で。

お腹が膨れているのを忘れてしまったのか、ナーナルの目は輝いていた。

「……では、本日はこれが最後でよろしいですね」

「もちろん！」

既に日は沈んでいる。

ナーナルもこれ以上は喫茶店を巡るつもりがないし、エレンもそれを承知の上で訊ねた。

元気のいい返事を耳にしたエレンは、口の端を少しだけ緩める。

結局のところ、エレンはナーナルに甘いのだ。こんなにもきらきらとした瞳でおねだりされては、断れるはずがない。

「お座りください」

カウンター席の椅子を引き、エレンはナーナルを招く。

「ありがとう。ところでせっかくだから、わたしも別のものを注文するわね」

嬉しそうにメニューを見るナーナルは、どの果実水にするか頭を悩ませる。

その姿に、さすがのエレンも肩を竦めるのだった。

◇

「……ふう、今度こそお腹いっぱいね」

部屋に戻ったナーナルは、椅子に腰かけて一息つく。

今日一日で喫茶店を四軒はしごし、そして締めには【宿船】で寛いだ。ナーナルにとって実に有意義な時間の使い方であった。

そんなナーナルに付き添い続けたエレンも同じく。

「何かお淹れしましょう」

「そうね……温かいものをお願いできる?」

「かしこまりました」

喫茶店巡りは一段落したが、宿の部屋でエレンと二人で寛ぐ空間にも、喉を潤すお供が必要だ。

「その間に着替えるわ」

ナーナルは洗面所へと向かい、着替えを済ませる。

ベッドのある部屋へ戻ると、丁度エレンがお茶を淹れ終えるところだった。

「熱いのでお気を付けください」

「ええ」

二つある椅子に向かい合って座り、お茶を口にする。

少し前の自分からは想像もつかないほど、ナーナルの心は落ち着き、穏やかだった。

「馬車の旅も行商の皆さんとのお話も刺激的で楽しかったけれど、やっぱりエレンと二人でいる方が安心するわ」

「もったいないお言葉です」

首を垂れ、エレンが答える。

何気ない言葉ながら、エレンにとっては最高級の誉め言葉だ。

「眠ってしまうまで、今日はずっとエレンとお話ししようかしら」

「では、先に寝てしまわないよう、心がけることにしましょう」

「ふふ。エレンはいつもわたしが眠るまで見守ってくれているものね」

気遣いを見通されていて少々気恥ずかしかったエレンははて？　ととぼけて首を傾げてみせた。

「……もう。まあ、いいわ。ところで、エレンはどんなお話をしたい？」

「ナーナル様がお話しになりたいことであれば何でも」

「もう、詰まらないわね」

エレンは執事としての態度を変えない。ナーナルはそれが不満だ。

だからここで、ナーナルは追撃を仕掛けることにした。

「ねえ、エレン？　外の世界に出てしばらく経ったでしょう？　だからそろそろ、もっとくだけた話し方をしてみない？」

「くだけた話し方ですか」

「ええ。貴方が執事でわたしが主だった頃は忘れて、たとえば学友のように……できる？」

「それは難問ですね」

難問なのか、とナーナルは苦笑する。

幼い頃から執事として生きてきたエレンにとって、友達同士のような話し方をするのは実は難しかった。相手がナーナルであればなおさらだ。

「少しずつでいいから、慣れてちょうだい。そうしてくれるとわたしも嬉しいから」

「……ナーナル様がそう仰るのであれば」

ナーナルに嬉しいと言われたら、それに従うのがエレンだ。

とはいえ、エレンにとっては大変なことだ。

「それじゃあ、今日はわたしが読んだことのある本のお話でも聞いてもらおうかしら」

本棚に目が移り、思い付く。

エレンが読んだことのない物語を語ってみせるのも悪くないだろう。

「ナーナル様が語り部ですね」

「うろ覚えだけれど……話の途中で口を挟むのはなしよ。いい？」

「善処(ぜんしょ)しましょう」

その言葉を聞き、ナーナルは深呼吸する。

エレンを楽しませることができるか否か、それはナーナルの話術にかかっている。

少しばかり肩に力が入るナーナルだが、それでもこの時間を存分に味わうことに決めた。

「それはね、まだ少年が、剣を手に旅立つ前のことだったわ……」
◇

目が覚めたら、エレンがいた。


いったい、いつから？

「……、っ」

どうしてわたしの目の前に、エレンの寝顔があるの？

余りの驚きに瞬間的に目を閉ざし、思考をぐるぐると巡らせてみるが、何も分からない。

このままではいけないと、一度閉じた瞼(まぶた)を恐る恐る開けてみる。

薄闇の中でもしっかりと見えるのは、エレンの横顔だ。なぜか目と鼻の先にある。

ベッドは二つあったはず。

それなのになぜ、わたしはエレンと同じベッドに寝ているの？

以前にも、目が覚めたらエレンに膝枕をされていたことはあった。あれはあれでこの世の終わりかと思うほど恥ずかしかったけれど、その再来とでも言うべき事態が発生している。

意識はしっかりしているし、酔ってもいない。もしも酔ってしまったとすれば、カフェ・ロワイヤルを飲んだエレンのはずだ。

昨晩、わたしは読んだことのある本のお話をエレンに聞いてもらっていた。

あらかじめお願いしていたように、わたしが途中で話の筋を思い出そうと考えこんでも、エレンは続きを待ってくれた。

それで、思い出しながらもお話を続けていくうちに、段々と眠くなってきて……きっと、お腹いっぱいになるほど喫茶店巡りをしたのが原因だ。

そのあと、ベッドに移動して横になりながらお話しして、椅子に座ったままでは聞こえないからとエレンを傍に呼んで、そして……？

「……うう」

次第に思い出してきた。

でもなぜ？　なぜわたしではなくて、エレンのベッドにいるの？

まさか、わたしが自分から潜り込んだ？

既に寝ているわたしを、エレンがわざわざ自分のベッドに移動させる理由はないから、そうでなければ説明が付かない……

いえ、そんなことよりもなによりも……顔が近すぎる。エレンの顔が、こんなすぐ傍にある。昔はずっと一緒にいたけれど、この距離は初めてかもしれない。

この状態で、もし今、エレンが目を覚ましてしまったら、どう思う？

……それは困る。

今後、エレンとまともに目を合わせることもできなくなってしまいそう。

とにかく、今はエレンに気付かれないように抜け出して、自分のベッドに戻ることを考えよう。

でも、動いたら起きてしまうかもしれないし、……いえ、エレンのことだから、ひょっとしたら最初からずっと起きていて、わたしが慌てる様子を観察している可能性も……ある？

「エ、……エレン」

何を血迷ったのだろう。

わたしは、同じベッドに眠る彼の名を呼んだ。

「寝ているの？」

そうであってほしい。

仮に起きていたとしても、それならそれで気付かないふりをしてくれた方が動揺せずに済む。

わたしの問いかけに返事はなく、微かに聞こえる寝息に安堵する。……と同時に、少しだけガッカリしたのはなぜだろう。

エレンのことだから、何食わぬ顔で起き上がって『もちろん、起きていますが？』と返事をするのではないかと期待していたのかも。

……それはつまり、わたしはエレンに起きていて欲しかったということになる。

エレンが目を開けて、目の前のわたしに気付いて、それで……

「……馬鹿ね」

少し、ハイになっているのかもしれない。目を閉じて冷静になろう。

でも、心を落ち着かせようと思えば思うほど、鼓動が大きくなる。

「こんなに近い場所にいるのに、手を握ることもないのよね……」

瞼を開け、エレンの顔を間近でじっと見る。

幼い頃には、手を繋いだこともあった。でも、お父様にだめと言われてからは一度もない。

だからこそ、この前の膝枕には驚いてしまった。

そして今日、あのときよりもわたしは緊張している。

こんな機会は二度とないだろうから、もうしばらくこのままでいたい……我が出てしまう。

でももちろん、いつまでもこのままではいられない。

名残惜しいけれど、わたしはベッドの中で距離を取る。動いて確かめてみても、エレンに反応は見られない。

あと少し、あと少しでこの緊張から解放される。

高鳴る胸を落ち着かせて、そして改めて自分のベッドで眠ることにしよう。

朝起きたら、何事もなかったかのようにエレンと挨拶をして、それからわたしは……

「――エレン」

もう一度、名前を口にする。

やっぱり今日のわたしはおかしい。

でも、不安になることはない。

たとえおかしかったとしても、わたしはわたしだ。

つまり今からすることも、わたしの感情によるものであって、決して混乱しているわけではない。

そう、これはわたしの意思だから。

「……起きないのなら、……に……するから……ね？」

一度は開いた距離を、再び詰め直す。

そしてわたしは……

眠るエレンの額に、そっと唇を当てた。

◇

目が覚める。

そしてまず、隣のベッドに目を向けた。

「……」

いない。そこに寝ているはずなのに……

僅かな沈黙のあと、ナーナルはゆっくりと起き上がる。

「お目覚めですか」

「――ッ」

声がした方を振り返る。

……居た。既に着替えを済ませたエレンの姿を見つけた。

その手元にはコップが二つ。

ナーナルが起きたときのために、お茶の用意をしていたのだろう。

「……お、おはよう？　エレン」

「おはようございます、ナーナル様」

若干(じゃっかん)、目が泳いでしまったが、ナーナルは自然を装って挨拶を交わす。

「どうぞ」

「あ、ありがとう……」

お茶の入ったコップを受け取り、口を付ける。その温かさが身に沁(し)みていく。

「着替えが終わりましたら、朝食を取りましょう」

「朝食は……確か、喫茶店で食べられるのよね」

喫茶【宿船】では、朝食のサービスがあり、宿泊代に含まれている。

午前中であればいつでも食べることができるので、少しの寝坊であれば心配することもない。

「すぐに着替えるから、待ってて」

ナーナルは着替えをもって洗面所へ移動し、扉を閉める。エレンと顔を合わせたことで、一瞬にして目が覚めてしまった。昨晩のことを思い出すだけで頬が赤くなる。

その熱を冷ます意味も込めて、ナーナルは冷たい水で顔を洗った。

「大胆……だったかしら」

エレンの様子を見るに、気付かれてはいない。ただ、だからと言って油断してはならない。エレンのことだから、隙を見せるとすぐにナーナルの動揺を悟ってしまうだろう。

タオルで顔を拭い、手早く化粧と着替えを済ませて扉を開ける。

「……お待たせ」

「では、参りましょう」

「っ、えっと……あの、エレン？」

「いかがいたしましたか？」

「いえ、あのね……その、えっと……」

ナーナルの目が、エレンの手に釘付けになる。

なぜか？

理由は一つ、エレンが手を差し伸べているから。

これまでエレンはそんなことはしなかった。

「もしや、体調が優れませんか？」

「そ、そうじゃないわ、そうじゃなくて……」

昨日、口走ったのが聞こえていたのか？

いやまさか、そんなはずはない。エレンは寝ていたはずだ。

だったらなぜ、手を伸ばす。

「……な、なんでもないわ。行きましょう」

小さく深呼吸し、意を決する。

視線を逸らしながらも、ナーナルはエレンの手を握った。

「そういえば、ナーナル様と手を繋ぐのは久しぶりですね」

「そ、そうね……なんだか懐かしいわ」

何気ない仕草や言葉の一つ一つが、今のナーナルには毒だ。深呼吸しても、緊張が治まらない。急なことで手汗を掻いているのではと不安になる。だが、

「？　……、……あ」

握った手に少しの強張りを感じたナーナルは、一度下げた視線を上げ、そっとエレンの顔色を窺う。すると、目が合うことはなかったが、代わりに別のものが目に入った。

「……ところでエレン。聞きたいことがあるのだけれど」

「何でしょうか」

「昨日は、よく眠れたの？」

アレの確認の意味を込めて訊ねた。すると、

「はい。途中までは、ぐっすりと」

返ってきたのは、そんな台詞だった。

「……へ、へえ、そうなの？　途中まで……なのね」

エレンの頬は、僅(わず)かだが赤くなっていた。

手を繋ぐ程度のことで、エレンは恥ずかしがったり動揺したりしないだろう。しかし今、エレンの頬には朱が差している。

その理由を問い詰めるなんて、ナーナルにはできなかった。

答えを知ったら、エレンの顔をまともに見ることができなくなると思ったから。

「それなら今日は……ゆっくり眠れるといいわね」

「そうさせていただけると助かります」

「ッ、……う、そうね」

ナーナルの頬は真っ赤に染まっていた。それはエレンの比ではない。

けれども指摘されることもなく、握り合った手の感触を確かめ、必死に心を落ち着かせる。

とはいえ、そう簡単に鎮まるはずもなく。

「……やっぱり、落ち着かないわ」

美味しい朝食に意識が移動するまでの間、ナーナルは思考をぐるぐると巡らせ続けるのであった。

◇

朝食を済ませたあと、ナーナルはエレンを連れて宿の外に出た。昨日に引き続いて喫茶店巡りをする予定だが、他のものに目を向けるのも悪くない。

今日は、まずは市場を見て回ることにした。

港町の利点か、市場には獲れたばかりの魚介類を扱うお店が並んでいる。それは喫茶店の数に引けを取らないほどだ。

喫茶【宿船】でも食事をすることはできるし、朝食以外のサービスを受けることも可能だ。

しかしながらあくまで喫茶店という括りに入るため、しっかりとした食事を取りたいのであれば食堂にお邪魔するべきだろう。

「お魚がたくさん……」

あっちを見たりこっちを見たりと、ナーナルはフラフラと市場を見学していく。

王都にも似たような市場はあったが、海の近くではないので、これほどの量の海の幸を一度に目にするのはこれが初めてだった。

「お嬢ちゃん、これ食ってみな。美味いぞ～」

市場を散策していると、貝類を販売する男に声をかけられた。

お店の前にレンガを積み上げ、網を敷いて貝を焼いている。調味料を適量加えると、良い香りが辺りに漂う。

匂いにつられて近寄ったら、味見用にと、串に刺さった一口サイズの貝を差し出された。

「……エレン」

「いただきましょう」

名前を呼ぶ。

するとと意図を察したのか、エレンが頷いた。

モモルと二人で喫茶店に通うとき、道中で買い食いしたことはなかった。貴族の娘として、それははしたないことだと認識していたから仕方がない。

だが、ナーナルはナイデン家を飛び出した。エレンを道連れに王都を発った時点で、貴族の地位は捨てている。

だから今は自由であり、周りの目を気にする必要はない。

「あつっ！　……うん、凄く美味しい！」

熱くて口の中が大慌てになったが、はふはふと冷ましてじっくりと味わう。

港町の市場で売られているだけのことはある。

それはナーナルのお腹と心を一瞬にして掴んでしまった。

「そうだろう、そうだろう？　じゃあ買ってくかい？　ほら彼氏さん、どれにするんだい？」

「っ、ちょっとおじ様、エレンとはそういう関係では……ゴホッ、ん、んんっ！」

急に喋ろうとしたからか、ナーナルは喉を詰まらせた。

恥ずかしそうに視線を逸らして息を整えるが、まだ落ち着かない。

「では、二袋分お願いします」

「あいよ～、大銅貨八枚だな」

エレンは財布から銀貨を一枚取り出す。

それを市場の男に渡し、お釣りと袋を受け取った。

「ここは人が多いからな～、お嬢ちゃんが迷子にならないように、ちゃんとエスコートしてやるんだぞ、彼氏さん！」

「肝に銘じます」

「ちょ、ちょっとエレン……ッ」

一切否定せず、やり取りを済ませるエレンに戸惑い、ナーナルは目を泳がせる。

それがおかしく見えたのだろうか、それとも可愛く見えたのか。

「さあ、次はどちらを見学いたしますか？」

と言いつつ、エレンは柔らかく笑った。

◇

しばらく市場を見て回ったあと、二人は昼食を取ることにした。

あちらこちらで買い食いをしたので、お腹はそれほど減っていない。

しかし、好奇心の赴くままに足を運ぶナーナルが歩き疲れる前に足を止め、心と体を休ませなくては。そう考えたエレンはナーナルの手を引き、少し強引に目的の場所へ連れていく。

喫茶店ばかりが目立つヤレドではあるが、食に関しても観光客や行商人たちから注目を集めている。

漁で獲れた魚介類を、すぐさま市場を通してお店に卸す。そしてその日のうちに捌いて提供するので、客は新鮮な海の幸を存分に味わうことができる。それが最大の理由だ。

「ここは……喫茶店じゃないのね？」

二人は市場を離れ、街の中心部へ移動した。エレンが連れてきたのは【魚の目亭】という名の食堂だ。お昼時だからか、店内はほぼ満席だった。カウンター席が空いているように見えたが、予約席と書かれた札が置いてある。

「満席みたいね。残念だけれど、別のお店に行きましょう」

「その必要はございません」

肩を落とすナーナルを引き留め、エレンは店員を呼び止める。

言葉を交わすと、店員は小さくお辞儀をして、二人をカウンター席まで案内した。予約席に腰かけたナーナルは、エレンの横顔を見ながら口を開く。

「……この席、貴方が予約していたの？」

「時間帯によっては満席になるとのお話でしたので」

誰の話だ、と眉をひそめたが、すぐに思いあたった。道中を共にした行商人たちだ。

茶葉の種類や、喫茶【宿船】についてなど、エレンは彼等から多くの情報を得ていた。ここがヤレドでも人気のお店で、同時に予約可能だということも、あらかじめ調べておいたわけだ。

「エレン、気を利かせてくれるのはとても嬉しいわ。でももし、わたしがお腹は空いていないと言っていたら、どうしていたの？」

思いのほか、市場での買い食いで腹が満たされている。

エレンにこのお店に連れてこられなければ、食事は取らずに喫茶店に直行しようと提案していたかもしれない。

すると、エレンは頬を掻く素振りをみせる。

「ええ、ですから内心焦っていました。これ以上、ナーナル様と市場を見て回るのは危険だと」

「……ふ、ふふっ、だからちょっと強引だったのね？」

焦るエレンを想像し、ナーナルは頬を緩ませた。

そのまま談笑しつつ、二人はメニュー表に目を通す。

本日のオススメから始まり、定食メニューに一品料理の数々にと、どれも興味を引くものばかりだ。メニュー名だけではどんなものか分からないような料理まである。

「定食は多すぎるかもしれませんので、一品料理をいくつか注文いたしますか」

「うん、分け合うこともできるし、そうしましょう」

さりげなく、周囲を確認してみる。

定食と思しき料理を食べている客がいるが、明らかに量が多かった。サービスなのだろうが、今のお腹には供給過多だ。

というわけで、オススメにもなっている一品料理を数皿、頼むことにした。

注文を終え、お茶を一口。

市場での疲れが溜まっていたのだろう。ゆっくりと背伸びをする。

「午後は少しお休みになりますか」

その様子を見たエレンが声をかけるが、ナーナルは首を横に振った。

「冗談でしょう？　ここを出たら、昨日行けなかった喫茶店をはしごするつもりだから、休んでいる暇なんてないわ」

「さすがはナーナル様です」

予想通りの返事だったのだろう。

エレンは肩を竦め、午後もお供いたします、と首を垂れた。

食堂【魚の目亭】で腹を満たした二人は、食後の散歩を兼ね、浜辺まで歩くことにした。

船着き場には大小様々な船が停泊しており、目を楽しませてくれる。

大半がヤレドに住む漁師のものだが、中には数百名規模の大型船の姿もあり、目を引いた。ナーナルはその横を興味津々と言った様子で通り過ぎ、同時に疑問を口にする。

「そういえば、本物の船内はどうなっているのかしらね」

喫茶【宿船】は船内を模した造りをしているが、あくまで実態は喫茶と宿で、本物の船ではない。

故に、興味が湧いたのだ。

「直に分かります」

「……その言い方、ひょっとしなくても船に乗ることになりそうね」

エレンの返事を聞き、ナーナルは目を細める。

すると、エレンは口の端を僅かに上げて頷いた。

「まあ、いいわ。それはあとのお楽しみにしておくから」

それよりも今は、目の前に広がる景色に集中したい。

ナーナルは逸る気持ちを抑えたが、それでも徐々に早歩きになる。船着き場からさらに進むと、白い砂浜が見えてきた。

王都に住んでいた頃、その瞳に海を映す機会はなかった。だが今や、目と鼻の先だ。

耳をすまさなくとも感じる。不規則な波の音が、ナーナルの心に響く。

「うーん……」

砂浜を前に、ナーナルは一旦、立ち止まる。

そしてエレンの顔を見上げると、何事かを思案した。

「エレン、靴は脱いだ方がいいと思う？」

「波打ち際まででしたら、そのままでも問題ないと思います。ですが足をとられ――」

「じゃあ、行くわ！」

最後まで聞かず、握っていた手を放す。

そして靴を履いたまま、ナーナルは波の傍へと走って行った。

「うっ、くっ、歩きづらいわね……ッ」

しかし、ここは砂浜だ。思うようには走れない。オマケとばかりに、ナーナルの靴の中には砂が入り込んでいく。しかしそんなことはお構いなしだ。

歩き難さなんてものともしない。楽しい気持ちの方が圧倒的に上だった。

「凄い！　足跡がくっきり残るわ！」

濡れた砂浜に、ナーナルが足跡を残す。そこに波が押し寄せると、捕まるものかと後ろ向きに下がってみせる。そして波が引き始めたのを確認し、再び跡を付けていく。

「エレン！　貴方も来て！」

振り向き、エレンの名を呼んだ。

「ご命令とあらば」

靴を脱ぐのは無粋だ。ナーナルがしてみせたように、あとのことは気にせず、思う存分に海を楽しむべきだろう。

そうしてエレンも、靴を履いたまま砂浜に踏み入った。

やがてナーナルの傍へ辿り着くと、目を合わせて笑う。だが、

「あ」

声が出た。

足を取られ、ふらつくナーナルの手を握り直し、エレンは下を見る。

「……どうやら、逃げ遅れてしまったようですね」

波に捕まった二人の足元は濡れた砂浜に沈み、海水の冷たさを直に感じ取るのであった。

◇

温かなお茶を一口。

それは冷えた体にゆっくりじっくりと染み渡っていく。

「……はぁ、落ち着く」

ほっ、と声が出る。

ヤレドの砂浜で波に足を取られた二人は、濡れた靴を乾かすため、近場の喫茶店を訪ねていた。

大きな暖炉があるのが売りの喫茶店で、薪が燃える音に耳を傾けながらゆったりとした時間を楽しむことができる。

店内の至る所に植物が蔓を伸ばし、自然な暖かさを演出しているからだろうか。この喫茶店に来る客たちは、ついつい長居するらしい。

店主の許可を得て、脱いだ靴と靴下を暖炉の前に置かせてもらった。

幸いにも他の客の姿はなく、恥ずかしい思いをせずに済んだ。

「ここにいると、なんだか眠くなってしまうわね」

思わず、あくびが出る。

お店の中と外では、時の流れが違うかのような錯覚を覚える。そんな寛ぎの空間に、ナーナルは気を緩ませた。ほんのひと時ではあるが、貴重な時間であった。

「ナーナル様、こちらをお受け取りください」

「え？　……これ、もしかして」

「喫茶本でございます」

「喫茶本!!」

うとうとしていた頭が急に冴え、本へ目を落とす。それは昨日、喫茶店をはしごしている最中、エレンが隙を見て購入したものだった。

ヤレドには大きな書店こそないが、本の需要自体は大いにある。

それはヤレドが観光地であり、喫茶店の町だからだ。

「ぶ、分厚いわね……こんなにたくさん、お店があるの……？」

「そのようですね」

エレンから受け取った本の頁を捲る。そしてすぐに目を輝かせた。

喫茶本は、ヤレドの書店に並ぶ本の中で最も人気が高い。

今話題のお店を特集したものから、珈琲に特化した専門店を紹介するもの、紅茶の種類や飲み方を事細かに書いてあるものなど、その種類の多さは喫茶店の数に引けを取らない。

エレンが購入したのは、この街にあるすべての喫茶店を網羅した名鑑の最新版だった。

だからか、他と比べても特に分厚い。

「……困ったわ。どうすればいいのかしら」

頁を捲り続けるナーナルは、次第に表情が暗くなっていく。

つい先ほどまではあんなに明るかったというのに、一体何を悩んでいるのか。

「エレン……わたしね、ヤレドが喫茶店の町だと聞いてから、心に決めていたことが一つあるの。それはね、すべてのお店に行くことなのだけれど……」

それは、実にナーナルらしい決め事と悩みであった。

「なるほど……しかし、本の分厚さからお判りでしょうが、すべての喫茶店を巡るのはさすがに無理がありますね」

「そ、そうよね……まだ旅の途中だものね」

初めに訪れた村では本を一冊買うのも躊躇ったナーナルが、ヤレドに来てからというもの、子供のように喫茶店をはしごし、楽しそうな姿を見せていた。

だが、この分厚い喫茶本に目を通したことで、ナーナルは我に返ったようだ。

二人の旅の終着点は、ヤレドではない。まだまだ先にある。

それを理解しているからこそ、表情が曇ったのだ。

「……二日後にはヤレドを発ちます。ですので、それまではお供させていただきます」

「あと二日……」

そんなナーナルの心を読んだのか、エレンは優しく笑う。

二日間ではあるが、自由に喫茶店巡りができると知り、ナーナルは顔を上げる。

「分かったわ……。つまり、少しの時間も無駄にはできないということね？」

靴はまだ乾き切っていないが、それでも構わない。

ナーナルは半乾きの靴下と靴を履いて、気を取り直す。

「次のお店はお決まりですか？」

「ええ、もちろん。エレンのプレゼントのおかげね」

はしご先の喫茶店は、既に決めた。

分厚い喫茶本の中に、興味を引くお店を見つけていたのだ。次はそこに行くつもりだ。

お茶を最後の一口までしっかりと味わい、支払いを済ませる。

空はまだ明るいが、時間は有限だ。とはいえ、急ぎすぎては本末転倒でもある。

限りある時間の中で、数多ある喫茶店を存分に楽しむべきだ。

「行きましょう、エレン。わたしのお供をしてくれるのよね？」

「仰せのままに」

恥ずかしさを残しつつも、ナーナルはエレンと手を繋ぐ。

そして意気揚々と次のお店へと足を運ぶのだった。

第四章　ただの執事

ヤレドに来てから、三日が過ぎた。

その間、ナーナルとエレンが巡った喫茶店の数は、二桁に上る。

王都に住んでいては決して経験できなかったことに次々と出会い、ナーナルの心は満たされていた。もちろん、傍らにエレンがいることが、最大の要因なのだが。

だが、そんな居心地のよい街とも今日でお別れだ。

ついにヤレドを発つ日が来たのだ。

「ここのチーズトーストを食べられなくなるのが心残りね……」

日が昇る頃、ナーナルとエレンは喫茶【宿船】のカウンター席に座り、朝食を取っていた。これを食べ終えたら、三日間お世話になった宿船ともお別れだ。

船内のような造りの喫茶と宿、その両方を楽しむことができた。

僅かなときだったが、ここはナーナルにとって離れがたい場所になっていた。

「またいつか、お二人に会えるのを楽しみにしております」

店主のプリオが、餞別の一杯をテーブルに置く。店の奥からカルデも顔を出し、握手を交わした。

二人の優しさとこの味を忘れないようにと、ナーナルは最後の一口までじっくりと味わった。

喫茶【宿船】を出た二人は、市場で食料を調達し、船着き場へ向かう。

少し前、ナーナルは言っていた。本物の船内はどうなっているのだろうかと。

直に分かるとエレンは答えたが、あれはこういうことだったのね、とナーナルはあらためて思った。

「大きな船ね……わたしたち、この船に乗るの？」

今日からまた、旅を再開する。

その移動手段は、馬車でもなければ徒歩でもない。目の前に浮かぶ大型船が二人を目的地に運んでくれるのだ。

「ナーナル様に船旅を楽しんでいただければと思いまして」

エレンは乗船券を二枚、ナーナルに見せる。

陸路で国境を越える道も考えたが、退屈のない長旅を提供するにはどうすればいいか悩んだ末に出た答えが、航路であった。

「さあ、間もなく乗船のお時間です。お手を」

足元が揺れる。

転ばないようにと手を差し伸べると、ナーナルがそっと手を載せた。

「エレン、貴方って本当に……わたしを楽しませてくれるのね」

「それが私の務めであり、同時に喜びでもありますので」

そう言って、エレンは小さくお辞儀をする。

船員が券を確認し終えると、二人は乗船し、船室へ向かった。

エレンが手配したのは、手洗場と洗面所、それに加えて浴室も完備された、上から二番目の位の部屋だ。しかしすぐにエレンが不満を顔に表す。

思っていたよりも室内が狭く、窮屈な印象があったからだ。

部屋の狭さはもちろんのこと、内装自体にも目新しさはなく、至って普通の造りといえる。

「ここがわたしたちの部屋ね」

ナーナルは目を輝かせながら室内を見て回るが、対照的にエレンは眉をひそめる。

「もう一つ上の船室を確保したかったのですが、既に埋まっていまして……申し訳ございません」

ナーナルの背に向け、エレンが謝罪の言葉を口にする。

だが、当のナーナルは全く気にしていない。その表情は実に明るく、この部屋に満足していた。

「あらそう？　わたしはいい部屋だと思うけど」

エレンを気遣っての言葉ではない。

純粋に、この部屋を気に入ったのだ。

「最初はね、宿船のようなお部屋を想像していたのだけれど、この部屋も凄く素敵よ？」

喫茶【宿船】は、船内を模した造りをしていた。あそこに三日間居たのだから、「船」自体への先入観を抱いていたとしてもおかしくない。

しかし、ふたを開けてみれば想像とはまた異なる世界が広がっていた。

それが新鮮であり、ナーナルが旅を楽しむ演出の一つとなっている。

それになにより、たとえ用意されたのがベッドの一つもない部屋だったとしても、ナーナルは不満を口にすることはないだろう。なぜならば、傍らにエレンがいるだけで十分だからだ。

「わたしたちのために、エレンが取ってくれたのでしょう？　だからわたしはいい部屋だと思う」

「ですが……」

「ありがとう、エレン」

目を見て、微笑む。

たったそれだけだというのに、エレンは何も言えなくなる。

「……いえ」

ズルいな、と心の中で呟くが、その言葉がナーナルに届くことはない。

もし声に出してしまえば、何のことだと追及してくるに違いない。だから絶対にダメだと、エレンは言葉を飲み込んだ。

「ねえ見て、エレン！　貴方が取ってくれた部屋からの眺めは、今までで一番よ！」

ナーナルが部屋の窓を開ける。

潮風と共に、日の光とヤレドの街並みが二人を歓迎してくれる。

そして窓から見える眺めは、確かに見事であった。

「それにしても、この部屋って思いのほか高い場所にあるのね……」

「落ちたら一大事です」

窓の外に顔を出していたナーナルは、慌てて身を引く。

「万が一、海に落ちてしまったら助けてちょうだいね。わたし、全く泳げないから」

「それは困りましたね。実は私も泳げません」

「えっ？　……エレンにもできないことがあるの？」

本気で驚き、ナーナルはエレンを見つめる。

すると、肩を竦めながらエレンが言葉を返す。

「もちろん、ございます。この世の中、不可能なことばかりです」

「そうだったのね……それじゃあ、もし海に落ちたら二人で助け合って陸を目指しましょう」

「承知しました」

ナーナルは、泳いだことなど一度もない。

もし、船から落ちたら、そのときはエレンだけが頼みの綱だと思っていたのだが……

しかしエレンも泳げないと分かり、二人でどうにかして乗り切る道を選ぶことにした。

「移り変わる景色も、今から楽しみね」

窓の外を眺めながら、ナーナルが言う。他愛のない会話かもしれないが、王都にいた頃にはこんなことを話す余裕すらなかった。

だが、今は違う。

籠の中の鳥として生きていくはずだった人生は、確実に変化している。

「……あら？」

しかし、こんなときでも厄介事は顔を出す。

「何の騒ぎかしら」

ヤレドの街並みの中に、人だかりができていた。

その中心にいる人物は何事かを喚き散らし、周りの人たちに怒声を浴びせている。

「あ」

それが誰なのか、ナーナルはすぐに気付いてしまった。

「エレン、あれって……」

「……ロイド様ですね」

ベルギスから婚約破棄の旨を聞いたのだろう。だが、ナーナルの行き先は分からなかったはずだ。勘が良いのか、それともたまたまなのか。

どちらにせよ面倒なことに変わりはない。ナーナルを追いかけてきたのだろう。

「モモルと彼の望み通り、婚約を破棄してあげたのに、こんなところまで何をしに来たのかしら」

「ナーナル様、本当にお分かりにならないのですか？」

「え？　もちろんだけど」

「学園での大立ち回りをお忘れですか？」

「……あっ」

エレンに呆れた声で言われて思い出す。

ナーナルは大勢の前で、ロイドとの婚約破棄を宣言していた。ついでとばかりに、婚約破棄に至った理由も添えて。

ナーナルとエレンは、あのあとすぐに学園を去ったが、モモル一人であの場を収められるとは到底思えない。だとすれば、あの日の出来事が学園だけに留まらず、王都中に広まったのは想像するに難くない。

それはつまり、ナイデン家とエルバルド家は当然として、モモルとロイドも大恥を掻いたということだ。

「遠いし、がなり声が煩くてよく聞こえないのだけれど、彼は何を言っているの？」

「どうやら、ナーナル様を捜していらっしゃるようですね」

「やっぱり？」

はあ、とため息を吐く。

王都を発ってから今の今まで、楽しいことばかりだったが、夢から覚めた気分だ。

「幸い、姿を見られてはいませんが……いかがいたしますか」

ロイドは、二人が船に乗っていることに気付いていない。

適当に当たりを付けてヤレドに来たのだろうが、これ以上は追えないだろう。

しかし、ナーナルは笑う。

「この町はね、わたしのお気に入りなの。だから迷惑はかけられないわ」

滞在期間は、僅か三日間。

たとえそうだとしても、ヤレドはナーナルにとって大切な場所になっていた。

だとすれば、それを守るのも執事の役目だ。

「お願いできる？」

「お任せください」

ナーナルの声に反応し、それだけを告げると、エレンは足早に部屋から出て行った。

その背中を見送ったあと、ナーナルは窓から顔を覗かせる。

しばらくすると、エレンが船から降りる姿が見えた。向かう先はもちろん、決まっている。

◇

「ナーナル・ナイデン！　いるなら出てこい！　今ならまだ、きみを許してやってもいい！　その代わりすぐに王都に戻れ！　そしてすべて自分の狂言だと言って懺悔しろ！　それでぼくはきみの罪をなかったことにしてやる！　婚約破棄ももちろん無効だ！　婚約者であるぼくから逃げられると思ったら大間違いだぞ！　だからここにいるなら今すぐ出てこい！　ぼくの怒りが、きみを血まみれにする前にな‼」

「随分と物騒なことを仰るのですね」

「――ッ⁉　貴様は確か、ナーナルの元執事の……確か、エレンか！」

目を合わせ、ロイドが驚く。

「おい貴様！　そこを動くなよ？　あの馬鹿を匿った時点で、貴様も同罪だ！」

連れてきた取り巻きたちに指示を出し、エレンが逃げないように取り囲む。

「……はぁ。それ以上、口を開かないことをお勧めいたします。なぜなら……」

「貴様がここにいるということは、あの馬鹿もどこかに隠れてイギャッ!!」

一切の躊躇いもなく、エレンが右拳を思い切り振り上げた。

その拳は、ロイドの顎を狂いなく打ち抜く。

「口を開くと舌を噛むとお伝えしようと思っていたのですが、手遅れだったようですね」

「っ、ぎっ、あが……ッ!?」

視界に星でも見えているのだろうか。

その場に尻餅をついたまま、ロイドは両目を彷徨わせる。

「お前！　ロイド様になんてことを……ッ!!」

「外野は黙れ」

エレンは得物を持たない。

丸腰の相手なのだから、数の暴力で容易に取り押さえることができるはずだ。

だが、できない。

ロイドの取り巻きたちは、その場から一歩も動けない。

たった一言で、エレンは取り巻きたちの足に釘を刺したのだ。

「……一応、弁明しておきます。これは一方的な暴力行為ではなく、ナーナル様を守るための正当防衛です。故に、手加減はいたしませんので、そのおつもりで」

「ッ!?　ま、待てっ、またぼくを殴るつもりか！　そんなことが許されると思っているのか！」

「貴方がナーナル様を諦めてくださるまでは」

「ふ……ざけるな！　アレはぼくの婚約者だぞ⁉　ぼくがあの馬鹿を捨てるならともかく、なぜぼくが諦めなければならないんだ‼」

「お言葉ですが、ロイド様」

口を挟み、エレンは目を細める。

「お前のような屑に、ナーナル様は相応しくない」

「きっ、貴様！　口には気を付けろ！　ぼくは貴族で貴様はただの執事――アガッ‼」

エレンの右拳が、今度はロイドの顔面をぶち抜く。

「く、クソが……クソッたれが……‼　なんだ……なんなんだよお前は……ッ⁉」

戦意を喪失したのか、震える体を取り巻きたちに支えられながら、ロイドが立ち上がる。

「お前も言っただろ？　俺はただの執事だよ」

興味なさげに告げると、ロイドは肩をガックリと落とす。

「それで、ナーナル様のことを諦めてくださいますか？」

「う、ぐっ、……くっ、……分かった。分かったよ……ぼくは、お前たちを追いかけないと誓う」

「感謝いたします」

その台詞に、エレンは謝意を述べた。

しかしまだ、ロイドは口を閉じようとはしない。

「だけどな、これだけは絶対に忘れるな……。お前たちが派手に動いたせいで、ぼくのお先は真っ暗だ……。お前たちは王都を出たから知らないだろうけど、被害を被ったのは、ぼくだけじゃないぞ？　あの馬鹿な妹も……ぼくの家も、お前たちの家も、全部取り潰しだ……ッ!!」

「取り潰し……？　ふむ、どうしてそうなったのか聞かせてくださいますか？」

興味が湧いたのか、エレンは続きを促す。

すると、ロイドは苦々しい表情を浮かべながらも語り始めた。

ナーナルが学園で婚約破棄を宣言してから、その話は僅か半日で王都中に広まったという。

モモルとロイドが共謀し、ナーナルを貶めたこと。

時を同じくしてナーナルが行方不明になったことで、ナイデン家とエルバルド家が口封じに身柄を拘束したのではないかと噂されていること。

モモルとロイドは二人で責任を押し付け合い、ナイデン家とエルバルド家の婚約の話は自然消滅したこと。

勘当した娘の行方など知るものかと、ベルギスが否定して回っていること。

その結果、モモルは家に引き籠って出てこなくなったこと。

最終的には、噂を耳にした第一王子がなぜか首を突っ込んできて、両家にお家取り潰しの処分を科したこと。

「理解したか？　あの女がしたことは、ぼくたちを破滅に追い込んだんだ……。なんだって王子はたかが男爵家同士の婚約破棄話なんぞに出張ってきたんだ!?　クソッ、本当にふざけたことばかりだ……ッ」

「そうですか、それはご愁傷様です」

「……は？　……聞いていたよな？　お前たちが住んでいたナイデン家も取り潰しになるんだぞ？」

「ロイド様のお話を聞く限り、ナーナル様はナイデン家を勘当されたことになっているご様子。つまりナイデン家がどうなろうと私たちの知ったことではございません」

「っ、それでも人の子か！　育ててもらった恩を忘れたわけじゃないよな⁉」

「旦那様に言われるならともかく、貴方に言われる筋合いはございませんね。ですので、王都に戻りましたら旦那様にお伝えください。勘当した娘に言いたいことがあるのならば、そちらからいらしてくださいと」

「こ、こいつ……狂ってる……っ、情の欠片もない人でなしだ……」

「それには同意します。私の感情を揺らす相手は、ナーナル様だけですから」

そう言って、エレンは口角を上げる。

その笑みがとても恐ろしく見えたのは、ロイドの見間違いではない。

「……おや、そろそろですね」

長い汽笛が、一つ鳴る。船がヤレドを離れる合図だ。

辺りを見回すと、町の自警団が集まり始めていた。

「それでは、先を急ぎますので」

長居は無用だ。

姿勢を正したエレンは、ロイドと目を合わせた。

「お家取り潰しに遭い、貴族ではなくなるロイド様、今後のご活躍を心よりお祈り申し上げます」

「っっ!!」

それだけ言い捨てると、汽笛が二つ鳴る前に、エレンは再び船上へ戻る。

ロイドと取り巻きたちは、その後ろ姿を見送ることしかできず、いつの間にか自警団に拘束されていた。

「あー、ちょっと退いて退いて」

そんな中、自警団を押し退けて顔を出す女性が一人。

その女性は、ロイドの顔を見ると一言、

「さっきの人、エレン・クノイル?」

と訊ねた。

「……誰だ貴様は？　このぼくをエルバルド家の嫡男、ロイド・エルバルドと知っての発言か」

「あーはいはい、あんたのことはどうでもいいから。だからさっさと質問に答えろっての」

「きっ、貴様！　ふざけた口を……クソッ、どいつもこいつもぼくを馬鹿にしやがって……ッ!!」

「もしもし？　もしもーし？　……はー、こいつ自分の世界に入っちゃってるわ。全く、使えない男ね。……でもまあ、いっか。どっちみちそろそろ帰ろうと思ってたし」

ため息混じりの声を出し、その女性はナーナルとエレンが乗った大型船へ近づく。

「お客様、乗船券を拝見してもよろしいですか」

「持ってないから買うわ。いくら？」

「あ、ああ……申し訳ございません。既に完売しておりまして、乗船券を持たないのでしたらお乗せできません」

「あっそ、じゃあこれで」

「っ、……こ、こんなに？　……失礼しました、どうぞお通りください」

「ん、分かればいいのよ」

乗船券は所持していない。

しかし、その女性は船員に袖(そで)の下を渡すことで、乗船を許可された。

「さーて、どうやって確かめるかなー。ってかあいつ、あたしに気付くかなー」

意地悪そうな笑みを浮かべながら、女性は考えを巡らせる。

果たしてそれは、何の企みなのか……

◇

「エレンって、喧嘩(けんか)もできたのね」

船室に戻り、ナーナルと顔を合わせたエレンは、開口一番そう言われた。

「意外ですか」

「ううん、想像通りで期待通りだったわ」

「ありがとうございます」

ロイドを殴ったところを見て、ナーナルは満足したのだろう。

エレンの新たな一面を見ることができたからか、どことなく嬉しそうな表情をしている。

「ところで、ロイド様から聞いたお話がいくつかございます」

「必要ないわ」

「聞かなくてもよろしいのですか？」

「今のわたしは、ただのナーナルよ。これまでの人生は捨てたわ」

「そう仰るのでしたら……かしこまりました」

言わなくていいのであれば、その方がいい。

ナーナルは優しい心の持ち主だ。実家の末路を知ってしまったら責任を感じ、その顔を曇らせるかもしれない。

だが、たとえ知ったとしても、決して後ろを振り返りはしないだろう。

そのすべてを受け入れて、抱え込んだまま生きていくに違いない。

だから、その辛さを少しでも和らげることができるように、エレンはナーナルの傍に居続けることを心に誓う。

「それはそうと、追いかけてくると思う？」

窓からヤレドの町を見下ろすと、ロイドが自警団に連行されているところだ。

それを見ながらナーナルが問いかける。

「可能性は低いかと思いますが……もしそうなったとしても、私がお守りいたします」

「ふふ、ありがとう。……あ」

「出港の時間が来たようですね」

二人を乗せた大型船が、ゆっくりと動き始める。

「さようなら……でも、またいつか戻ってくるわ」

これから二日の船旅を経て、辿り着くのは隣国ローマリア。

そこは、エレンの生まれ故郷だ。

第五章　二人の夢

二人を乗せた大型船がヤレドを出港して、およそ一時間。

空は快晴で、船足は実に軽やかだ。航路が大陸沿いだからだろうか、次から次に景色が移り変わっていく。ナーナルは、飽きることなくそれを見続けていた。

しかし、部屋の窓からの眺めだけでは我慢できなくなったのだろう。窓際から離れてエレンと目を合わせると、ナーナルは悪戯（いたずら）っぽく微笑む。

「エレン、甲板に行きましょう」

ここからだと、一方向しか見ることができない。反対側にはどのような景色が広がっているのか気になってしまい、居ても立っても居られなくなったのだ。

「お手を失礼します」

エレンは、ナーナルの手を取る。そのまま二人は部屋を出て、甲板へ向かった。

大型船ということもあってか、甲板は先客で賑（にぎ）わっている。

室内に居たままでは分からなかったが、外に出てみると、想像以上に船の速度が速い。

海風に髪が揺れ、足元は不安定だ。エレンと手を繋いでいなければ、ナーナルは転んでいただろう。だが、それでも足を運ぶだけの価値がある。

「気持ちのいい風ね……」

海風を全身に浴びながら、ナーナルは両手を広げ、大きく深呼吸をする。海の上に浮かぶ自分の姿を想像し、楽しそうに周囲を見回す。

「……あら？」

と、ここで何かを見つけたナーナルが声を漏らす。

「ねえ、あの人、もしかして……」

「ご想像通りかと」

二人の視線の先には、甲板の隅に座り込む女性が一人。

船酔いを起こしてしまったらしい。顔色が優れず、具合が悪そうに見える。

「エレン、あの薬の予備はあるかしら」

「もちろんです」

上着のポケットからエレンが取り出したのは、酔い止め薬だ。国境を越える手段として航路を選択した時点で、これも必要になるだろうと用意しておいたものになる。

乗船した際、既にナーナルには飲んでもらっていたが、ここで予備が役立つことになった。

「これを飲んで。薬が効けば具合もきっと良くなるわ」

「え……え？　貴女は……？」

女性の傍へと歩み寄り、そっと酔い止めを差し出す。

急な申し出に、女性は不安げな様子でナーナルの顔を見る。その不安を取り除くため、ナーナルは視線を外し、エレンに目くばせした。

「……ご安心ください。毒ではございません」

そう言って、エレンは同じものを女性に見せ、それを実際に飲んでみせる。

それを見て安心したのか、それとも心を決めたのか。

女性はナーナルから受け取った酔い止め薬を、勢いよく飲み込んだ。

「大丈夫。落ち着くまでわたしもここにいるから」

「……あ、ありがとうございます」

苦しそうな表情を浮かべて、女性はお礼を口にする。

それからしばらくの間、ナーナルはその女性の手を握り、エレンは背を擦り続けた。すると、

「ふう……もう大丈夫です！　ご心配をおかけしました！」

調子が戻ってきたのだろう。

その女性はふらつきながらも立ち上がり、再び礼をする。

「そう？　それならよかったわ。じゃあわたしたちはこれで失礼するわね」

「あっ、お待ちください！」

呼び止められ、ナーナルとエレンが振り返る。

女性は大きく息をつき、口元に笑みを浮かべた。

「わたくし、カロック商会のティリスと申します！　このご恩は決して忘れません！」

「カロック商会……」

女性の名乗りを聞いて、エレンは眉をひそめる。

「もしよろしければ、あなた方のお名前もお聞きしてよろしいでしょうか！」

「わたしは——」

「名乗るほどの者ではございませんので」

ナーナルが名前を口にする前に、エレンが割って入る。

「で、ですがっ！」

「それでは、失礼いたします」

不満げなティリスに、エレンは頭を下げた。

そしてナーナルの手を取り、足早に甲板から部屋へ戻る。

「エレン？」

道中、ナーナルは考える。

宿に泊まるときや行商隊の馬車に乗せてもらったとき、二人は名前を隠したりしなかった。ベルギスたちが追いかけてくるかもしれないが、エレンがいれば切り抜けられると思っていたからだ。

予想通りにロイドと遭遇し、居場所はバレてしまったものの、追い返すこと自体には成功していた。だというのに、なぜ今更になって名前を隠す必要があるのか。

「ねえ、エレン。わたしね、次に行きたい場所を言ってもいい？」

しかしナーナルは訊(たず)ねない。

エレンがそうしたいと思ったのであれば、その意思を尊重するべきだ。

きっと、理由があるのだろう。だからあえて、違う話題を振る。

「もちろんです」

その思いに気付いているのだろう。

エレンは少し申し訳なさそうな表情を浮かべたまま、返事をした。


「……十年って、案外短かったなー」

その背中を見送りながら、ティリスはぽつりと呟くのだった。

◇

二人が乗った大型船には、乗船客をもてなす設備が一通り揃っている。

自分の好きなように船旅を楽しめるようにと、船内には食堂や酒場をはじめ、図書館から娯楽室、複数の商店に演劇を観賞できる小舞台など、船上からの眺めのほかにも、目を引くものが多々あった。時間を持て余すことはないだろう。

だが、乗船客の心を最も引き付ける目玉は別にある。

それは展望浴場だ。

船上で海を見ながら入ることのできる開放的な空間は、陸では決して味わうことのできない格別なひと時を提供してくれるのだ。

もちろん、一人でゆったりと入りたければ、船室でも入ることが可能だ。けれどもほとんどの乗船客は展望浴場へ足を運ぶ。

当然のことながら、ナーナルも入ると言い出した。

「……しばしの間、傍を離れることをお許しください」

「あのね、エレン。心配してくれるのは分かるけれど、お風呂に入るだけよ」

見るからに不安げな表情を浮かべるエレンを前に、ナーナルは苦笑する。

「しかし、もしものことが……」

「そんなに不安なら、エレンも一緒に入る？」

「……、そうしたいのは山々ですが、かといって実行に移そうものなら不名誉な理由で捕まってしまいます」

「少し間があったけれど、気にしないことにするわね」

もし、ついて行くと言われていたら、さすがに笑えなかっただろう。

過保護すぎるエレンのことだから、万が一もあるかもしれない……と、ナーナルは内心思っていたが、その考えが無事に外れてホッとする。

「……どうか、お気をつけて」

「今生(こんじょう)の別れみたいな言い方ね……なんだか本当に不安になってくるわ」

展望浴場の前で、ナーナルはエレンの手を放す。

そして、女性側の入口へと向かった。

一人残されたエレンは、己の選択が正しかったのか否か、その場で小一時間、悩み続けることになるのだが、ナーナルの知る由はない。

脱衣所に入ってすぐ、ナーナルは呼び止められた。

「――あ、あああっ！　あのすみません！」

声の主を見ると、それは甲板で船酔いと格闘していたティリスだった。

「あら……確か、ティリスさんですよね？」

「はい、そうです！　ティリスです！　先ほどは助けていただきまして、本当にありがとうございました！」

ティリスは再度お礼を口にし、頭を下げた。

既に服を脱いでおり、タオル一枚で前を隠している。

「あの、あの！　ひょっとして……今から入りますか？」

「え？　ええ……そうですけど」

「ご一緒しましょう！」

「……ティ、ティリスさんがそう仰るのでしたら」

ナーナルが来たばかりだと知ると、ティリスは目を輝かせて誘ってきた。

若干、その勢いに引きながらも、ナーナルは頷いた。しかしなぜだろうか。

「あの……ティリスさん？」

「はい、なんでしょう！」

「……ずっと見られていると、恥ずかしいですわ」

「あ！　そうですよねっ、失礼しました！　後ろを向いてます！」

同性とはいえ、ジロジロと見られてはたまらない。それもついさっき知り合ったばかりで、ナーナルはまだ名前すら教えていない。

「……」

やっぱり、エレンの傍を離れない方がよかったかしら……？

そう思いながら服を脱ぎ、タオルで体を隠した。

入浴の準備を終え、頬を赤く染めたティリスと共に、展望浴場に足を踏み入れる。

それから数分後……

湯船に浸かって旅の疲れを癒すつもりが、ナーナルは逆に疲れていた。

その理由は言わずもがな。

「それでですね！　わたくしが取引をする前に必ず行う儀式というものがありまして、それがまた時間がかかって、みんなに迷惑をかけてしまうんですよ！」

「そう、儀式を……」

「気になりますか？　なりますよね！　あまり人に言えるようなことじゃないんですけど、これも何かの縁ですし、特別に教えますね！」

話し相手に飢えていたのだろう。

息つく間もなく、ティリスは次から次へと様々なことを話す。

こんなに続けざまに話しかけられるのは、いつ以来だろうか。おしゃべりな妹のモモルと話すときですら、これほどではなかった。

さすがは商会の人間といったところか、話術に関していえば、これまでに出会った者の中でも群を抜いている。ただ残念なことに、場の空気を読み取るのは苦手なようだ。

さらに、気になることが一つ。

「……あの、先ほども申しましたけれど、あまり見られるのは……」

体を洗っているときも、髪を流しているときも、ティリスの視線を感じるのだ。

「え？　あっ、すみません！　とてもお綺麗なので、つい見惚(みと)れてしまいまして！」

誉め言葉のつもりだろうが、正直言って同性だろうと体をまじまじと見られるのは嬉しくない。

体を洗い終わり、これから湯船に浸かるところなのだが、早めに切り上げてエレンと合流した方がよさそうだ。

少しもったいないが、仕方あるまい、とナーナルは自分を納得させる。

「……ティリスさん。わたしは連れが待っていますので、お先に失礼しますね」

「ええっ？　もう戻っちゃうんですか？　でもまだ湯船にも浸かっていませんし……それにほら！ここからの眺めを見ないと絶対に損ですよ？　だからわたくしと入りましょう！」

「ごめんなさいね」

優しく微笑み、角が立たないように断りを入れる。

脱衣所へ戻ろうとするナーナルの背中を見て、ティリスは残念そうに声を出す。

「……また、お会いできますか？」

「ええ、きっと」

二度目も名前を告げることはなく、ナーナルはティリスと別れた。

そして着替えを終え、展望浴場の外に出ると……エレンが待っていた。

「お帰りなさいませ」

「……エレン？　もしかして、ずっとそこにいたの？」

「はい」

「お風呂は？　入らなかったの？」

「部屋にもございますので」

「……もう。部屋のお風呂だと、眺めを楽しむことはできないでしょう」

やれやれとため息を吐くが、ナーナルは同時に嬉しくもあった。

たとえただの入浴だとしても、待っていてくれる人がいるというのは、こんなにも心が弾むものなのか。つい、口元が緩んでしまう。

「部屋に戻ったら、すぐに入りなさい」

「かしこまりました。ところで、展望浴場はいかがでしたか」

「え？　……あぁ、ちょっと色々あって……あまりよく覚えていないのよね」

覚えていないもなにも、湯船に浸かることはおろか、眺めをちらりとも見ていないのだから、感想を口にすることなどできるはずもない。

言葉を濁し、ナーナルは視線を逸らした。

それを見たエレンは怪訝な顔をする。

「ナーナル様、記憶喪失になられたのですか？」

「な、なってない！　もうこの話はお終いよ、いいわね！」

まだ、あと一日ある。

その間に再び展望浴場に足を運ぼう。そして今度こそは一人で、ゆっくり楽しむのだ。

ナーナルは心に誓い、エレンと共に一旦部屋に戻った。

◇

エレンが入浴を済ませて着替えたのを確認したナーナルは、食堂へ顔を出すことにした。

ルームサービスも頼めるようだったが、食堂の雰囲気を楽しみたかったのだ。

実際に足を運んでみると、甲板や展望浴場と同じく、食堂にも大勢の乗船客がいた。

幸い席には余裕があり、二人は窓際の席へ案内される。早い時間に展望浴場に行ったので、船外はまだ明るかった。

食堂の窓から見える景色も見事なもので、この景色を見ながら料理を味わえるのが、この船の売りの一つでもある。

港町ヤレドにも、場所によっては眺めのいい喫茶店もいくつかあった。しかしながらこの食堂の景色は格別だ。船上であるが故に、景色が常に動いている。

その流れを楽しみながら食事をするので、ひと味違った優雅さを感じることができるだろう。

「うーん、どれにしようかしら……」

メニュー表に目を通して、品数の多さにナーナルは驚いた。

ヤレドの食堂で見たようなものもあれば、肉や野菜をメインに据えた料理もある。さらにはデザートや飲み物類も豊富に揃っており、選ぶだけでも一苦労だ。

しばらく悩んで注文を終えると、ナーナルは窓の外を見る。

この景色の先に、ローマリアがある。

到着するまでに、およそ二日。長いようで短い僅かなときを、二人は船上で過ごす。

ナーナルは、動く景色を見ているだけであっという間に時が流れてしまうような気がした。

やがて、料理が運ばれてきた。そのどれもが美味しくて、ナーナルはついつい食べ過ぎてしまいそうになる。けれども、二人がいるのは船の上だ。自分の限界を超えて食べた結果、ティリスのように具合が悪くなって動けなくなるのは、あまりにももったいない。

「――もう、お腹いっぱいね」

限りある船上での時間を有意義に使うべく、ナーナルは我慢した。

「ナーナル様、食後はどちらに行かれますか」

「それね、候補がたくさんあって困るのよね」

エレンは、船内案内を開いてナーナルに見せる。この船の施設にはどれも興味があるが、そのすべてを満足いくまで楽しむには時間が足りなかった。優先順位をつけて、効率的に回る必要がある。

最も興味のあった甲板からの眺めは、真っ先に堪能した。

その次の展望浴場については、ティリスの邪魔が入ってしまい、思うように楽しむことができなかった。夜にでも、再度入り直そう。

では、残された時間でどこに行くべきか。

ナーナルは頭を悩ませ、結局は自分の好きな分野を選択することにした。

「……図書館に行ってもいい？」

この船には、図書館がある。船内空間であるにもかかわらず、蔵書数は優に一万を超えている。別名『動く図書館』として有名だ。

乗船中は気になった本を借りて船室で読むこともできるので、人の目を気にすることはない。本好きのナーナルにとっては、是非とも覗いておきたい施設の一つであった。

「では、食事が終わりましたら早速向かいましょう」

「うん。凄く楽しみ……！」

運ばれてきたデザートを食べながら、ナーナルはしっかりと頷く。先ほどは満腹だと言ったが、食後のデザートは別腹だ。

図書館に想いを馳せながら、口の中に広がる氷菓子の甘さと冷たさに、幸せそうに目元を緩めるのだった。

◇

——静かだ。

ナーナルは、そう思った。

船内にいながら、他に意識を奪われることなく頁を捲り、物語の世界に没入できる。防音対策が完璧なのだろう。この空間だけは特別なのだと思わせてくれる。

この船の図書館は、それほど大きいわけではない。

けれども、蔵書数はもちろん、ジャンルも多彩で、十分満足させるものが揃っている。現に今、本棚を前にしたナーナルの目は輝いていた。

どれを手にしても構わない。

さわりを読み、気に入れば部屋で読むことができる。それも一冊だけでなく、何冊でも。

この空間は、そんな贅沢が許される場所なのだ。

館内を見て回るが、他の人の姿は全く見当たらない。ナーナルにとっては驚きだが、残念ながらこの施設は人気があるわけではないのだろう。

動く図書館として有名なのは確かだが、船に乗る時間は限られているので、借りた本を読む暇がないのだ。

しかも、この船には娯楽施設が他にも多数ある。

本を読む時間があれば、そちらへ足を運ぶ方がいいと考える者が大半を占めていた。

けれども、中にはナーナルのような者もいる。本が好きでたまらない人種だ。

エレンと共にナイデン家を離れる前は、興味のある本を見つけては購入し、部屋で読み耽っていた。そしてそれをモモルに邪魔されるのが、ナーナルの日課であった。

「……エレン。何冊までなら読めると思う？」

既に数冊を手に持っているナーナルは、ふと我に返った。

本を読むのが大好きで、それこそ丸一日でも読み続けることができると思っているが、だからといって読むのが速いわけではない。

時間がないときは斜め読みすることもあったが、そういった場合はあとからもう一度読み返すことが多く、結局は一冊一冊じっくり読むのを心がけるようになった。

船を降りるまでに、自分は何冊ぐらい読了することができるのだろうか。

「それはナーナル様の読み方次第だと思いますが」

「う、……そうよね」

当然の返しに、ナーナルは再び思案する。

たくさんの本を部屋に持ち帰ったとしても、船上では他にもすることが山ほどある。それにナーナルは一人ではない。傍にはエレンがいる。だというのに、エレンを放って自分だけ本を読むというのは、配慮が欠けているのではないだろうか。

しかしそうなると、ここで本を借りること自体を躊躇してしまう。

目の前に宝の山があるというのに、じっと我慢するのは体に毒だ。

「うう、それなら……三冊ぐらい？」

「え？　たった三冊でよろしいのですか？」

「……どういう意味？」

素で驚いた様子のエレンに、ナーナルは眉を寄せて詰め寄る。

「いえ、ここで遠慮（えんりょ）する必要はないと思いましたので」

「遠慮（えんりょ）を……？　別に、わたしはそんなこと……」

「ここは屋台や露店ではございません」

エレンが口を挟む。それは、古書を扱うお店での出来事を言っているのだろう。

旅の荷物になるからと、ナーナルは本を一冊購入するに留めた。

そんな心の内を、しっかりと見透かされていたということだ。

「確かに読む時間は限られていますが、だからといって借りることを遠慮（えんりょ）する必要はございません。

私はナーナル様のお傍にいられるだけで十分ですので」

自分が足枷（あしかせ）となり、ナーナルの大切な時間を奪（うば）ってしまう方が、エレンにとっては苦しいことだ。

その言葉が、ナーナルの不安を取り除いてくれた。

「……それじゃあ、もう少し増やしてもいい？」

「もちろんです。ここにはナーナル様のお手に取ってもらえることを待ち続けた物語が、たくさんあるはずですので、心ゆくまま、お望みのままに」

「そ、そうよね……本だって、読んでもらった方が嬉しいはずよね」

エレンの言葉に背中を押され、ナーナルは頷く。

そうと決まれば悩んでいる暇はない。読みたいと思ったものを、その手に掴むのだ。

「まずはこれでしょう？　それとこっちも面白そうだから確保するとして……それもいいわね」

次から次に本を手に取るナーナルを見守りながら、エレンは口元を緩める。

しかしその勢いを見て一言、

「……さすがに、その量を読むのは難しいかと」

と呟き、苦笑いした。

けれどもナーナルは気にしない。

図書館内を歩き回り、読みたい本を手に取る。その数は二十冊を超えた。

「うーん、もっと読みたいけれど……時間が有限なのが惜しいわ」

エレンの後押しもあって、次から次に本を借りようとするナーナルだったが、五十冊を超えた辺りで我に返り、泣く泣く棚に戻した。

もっと時間があれば……と、僅か二日間の船旅をナーナルは心から嘆いた。

◇

「ああ大変、こんなに読めるか不安だわ……」

部屋に戻ったナーナルは、焦（あせ）りながらも一冊目を選び、頁（ページ）を捲（めく）る。

と同時に、真剣な眼差しで読み始めた。

既に、本の世界に引き込まれているのだろう。

一頁（ページ）ずつ確実に、じっくりと……

「……」

一方エレンは、本を読むナーナルの横顔を見つめていた。

しかし、声をかけることはない。

同じ空間に居ながらも、それを悟られることのないように、ただじっと黙っている。

外からは退屈そうに見えるのかもしれない。しかしナーナルのためであれば、エレンにとっては苦痛ではない。むしろ幸せな時間なのだ。

このまま声をかけずにいたならば、ナーナルは恐らく船を降りるまで本を読み続けてしまうだろう。それでは体に悪いので、食事の際には部屋から連れ出し、夜が来れば眠るように諭（さと）すつもりだ。

それまでエレンは何も言わず、ナーナルを見守ることにした。

しかし数時間後、

「――エレン。お腹が空いたかも」

本を読んでいたナーナルが顔を上げ、エレンの姿を探す。

そして目が合うと同時に、空腹を訴（うった）えた。

エレンが声をかけずとも、ナーナルは現実に戻ってきたのだ。

「では、食堂に向かいましょう」

「違うわ、そうじゃないの」

エレンの言葉に首を横に振り、ナーナルは言いにくそうに口を開く。

「確か、部屋まで料理を運んでもらうこともできるのよね？　お腹も空いたけれど、本も読みたいから、それをお願いしたいのだけれど……ダメ？」

食事は取るが、食堂へと足を運ぶ時間すらもったいない。ナーナルはそう思った。

展望浴場に行く計画も立てていたが、この分では船室で済ませることになりそうだ。

「ダメです」

だが、エレンは即答する。

本を読むのは構わないが、部屋に籠ったままでは体に悪い。

船内を散策したり、賑やかな食堂の雰囲気を楽しみながら食事を取ったり、展望浴場でのんびりと疲れを癒す時間も大切だとエレンは考えていた。

「どうしても……ダメ？」

「はい、ダメです」

「……うぅ、意地悪ね」

ナーナルは頬を膨らませるが、何度聞いてもエレンはダメだと言う。仕方ないので、大人しく従うことにした。

ずっと同じ姿勢で本を読んでいたのが原因だろう。確かに体は凝り固まり、ナーナルは疲れを感じ始めていた。無理は禁物だ。

「だったら、早く行きましょう？　夕食を済ませて続きを読まなければならないわ」

立ち上がり、思いきり背伸びをする。

だが、その手には本が一冊……

「ナーナル様。それは置いていきましょう」

「え？　食事中に読んだりしないわ。だから別に気にしないでちょうだい」

「はい。ですから置いていきましょう」

「……エレン」

「ダメですよ」

エレンが一歩も引かないのは、ナーナルが周りが見えなくなっているときだった。

結局、ナーナルは本を持たずに部屋を出た。

「……意地悪」

そして少しだけエレンに愚痴を言ったあと、手を繋いで食堂へ向かうのだった。

◇

夕食を取り、そのあと再び展望浴場へ行ったナーナルは、今度こそゆっくりと眺めを堪能することができた。一度目はまだ明るかった外の景色も、もう既に真っ暗だ。けれども上を向けば、無数の星が迎えてくれる。

満天の星の下で、ナーナルは湯船に浸かったまま瞼(まぶた)を下ろした。

「……色々あったなぁ」

ナーナルの傍には、いつもエレンがいた。

それがなによりも心強く、そして助けられた。

それはこれから先も変わらないが、だからといってすべてをエレン任せにしてはいけない。

自分自身を見失ったら、エレンの声も届かなくなってしまうだろう。

だからあらためて、自分が何をされて何をしたのか、そして今後、何をすべきなのかを考える必要があった。

「ふぅ」

深く、息を吐く。

ここに来るまで、ナーナルは様々な体験をしてきた。

モモルとロイドに裏切られたこと。婚約を破棄したこと。母から罵声(ばせい)を浴びせられたこと。父から修道院に入れと命じられたこと。エレンが手を差し伸べてくれたこと。卒業間近で学園を辞めてしまったこと。その学園で婚約破棄を宣言したこと。生まれて初めて王都の外に出たこと。古書店で本を買ってもらったこと。馬車の中でたくさんのお話をしたこと。ヤレドで喫茶店巡りをしたこと。この目で海を見たこと。国境を越えるためにエレンと二人で船に乗ったこと。エレンがロイドを返り討ちにしたこと。

そのどれもが、ナーナルが成長するための糧となった。

故に、この先のことを考える。

国境を越えてローマリアに着いたあと、自分は何をしたいのか。

「エレンに伝えないとね……」

目を開け、星空を瞳に映す。

その答えは、おぼろげにだが初めから胸の奥底にあったものだ。そして今はもう、はっきりと心に決めている。思いは決まったのだから、あとはそれを言葉にして伝えるだけだ。

「……よし」

湯船から出たナーナルは、展望浴場の外で待つエレンの許へ向かう。

「おかえりなさいませ」

「うん。行きましょう」

互いに目を合わせ、軽く言葉を交わしたあと、二人は部屋に戻った。

ベッドとテーブルの上には、図書館で借りた本が積んである。船を降りるまでにすべてを読み切るのは困難だが、ナーナルはそれも経験の一つとするつもりだ。

「エレン……わたしね、ローマリアに着いたらやってみたいことがあるの」

「やってみたいこと？　……ふむ、それは何でしょうか」

単なる思い付きではない。

それは、自分の経験と好きを形にするものだ。

「えっとね、その……」

夢を言葉にするのは恥ずかしい。しかし今、言わなければ絶対に後悔する。

たとえ渋られても、断られたとしても、伝えなければならない。それが付いてきてくれたエレンへの礼儀であり、夢に対する覚悟でもあった。

だからナーナルは、胸に秘めた思いを口にする。

「……き、喫茶店をね、開いてみたいな……って」

「喫茶店を……なるほど」

知らない場所で、喫茶店を開く。

それがどれほど大変なことなのか、重々承知の上だ。

当然、お金もかかるし、経営する側に回るのは想像以上に難しい。

しかしナーナルの思いはそれだけではない。もう一つ、色を加える。

「それもね、ただの喫茶店ではなくて、本をたくさん店内に置いてね、好きなように読める喫茶店にしたいと思っているの。続きを読みたい人がいたら、貸し出すこともできて、だからえっと……」

「本が読める喫茶店ですか、つまり貸本喫茶(ブックカフェ)ですね」

「そ、そう！　それよ！　喫茶店と図書館が合わさったような場所なの！」

貸本喫茶を開く。

それこそが、ナーナルのしてみたいこと。

つい先日まで、貴族の令嬢として生きてきた者が、店を開く。無謀(むぼう)な挑戦だが、ナーナルはやってみたいと口にした。自分の思いを言葉にしてみせた。

「夢があり、とても素敵な案だと思います。ですが、お一人では難しいかと」

「わ、分かっているわ。だからね、その……もしよかったら、エレンにも……」

エレンに拒む理由はない。

「その案、私も協力させていただけるのですよね？」

「っ」

ナーナルがお願いするよりも前に、当然だと言わんばかりに、エレンが問う。

「……ええ、もちろんよ。わたし一人では絶対に無理だから、エレンの手を貸してちょうだい」

そう言って、ナーナルは手を差し出した。

今後も何度でも何度でも、握ることになるであろう相手の手を求め……

しかしエレンは、こんな時でも意地悪だ。

「かしこまりました」

その場に膝をつき、差し出された手を取り、そして……手の甲に唇で触れた。

「ちょ、ちょっとあの、今貴方、唇が……ッ!?」

「慌てすぎですよ？」

「うっ、ううう っ、当たり前でしょう！　こんなこと、生まれてから一度だって……」

「一度も？　つまり、私が初めての相手ということになりますね」

「ッッ!!」

頬を真っ赤に染めたナーナルは、エレンから目を逸らして息を整える。

ドキドキしっ放しで、話を続けられない。

しかしだ、このままではいけない。ナーナルにはもう一つ、エレンに言わなければならないことがあった。――否、正確には聞かなければならないことだ。

「……は、話は変わるけれど、今こうやって、わたしの夢を語ったでしょう？　だからそろそろ、エレンのお願いごとを聞いてもいい？」

「願いごとですか……？　ああ、確かにありましたね」

「忘れていたの？」

「いえ、先ほどのキスの余韻に浸っておりました」

「だっ、だからそれはもういいから！」

ナーナルはエレンの口を手で塞ぐ。

その手を優しく取り、エレンは笑った。

「では、私の願いをお話しする前に……」

エレンは、軽く咳払いする。

これから話す内容は、決して誰にも知られてはならないことだ。

立ち上がり、部屋の鍵がかかっていることを確認する。

「甲板で会った女性について、お伝えしておくことがございます」

「え……ティリスのこと？　彼女がどうかしたの」

エレンは、ティリスの前で名乗るのを止めた。その理由が分かるときがきた。

「あちらが気付いたか否かは定かではございませんが……ティリス・カロック。彼女は私の幼なじみです」

◇

——ローマリア皇国。

そこは、商売で財を成した平民が天まで成り上がり、その末に興した国である。

そして自ら皇帝を名乗り、地位や名誉、名声の他に、己の血筋に肩書を付けたことは、そこに住む者であれば誰もが知る、有名な話だ。

故に、この国では商売が盛んだ。

第二の皇帝を目指し、成り上がろうとする者が後を絶たない。

そんな商売の国だからか、城下町には大小いくつもの商会が存在する。

そしてその中に、貴族はおろか、皇族にも大きな影響力を持つ商会が三つ。
一、食材や調味料を主に扱うルベニカ商会。ここに、ロニカという名の一人娘がいる。
二、衣類や小物、宝石類を主に扱うカロック商会。ティリスはここの一人娘だ。
三、土地や建物を主に扱うクノイル商会。エレンは、この商会の一人息子なのだ。
これら三つの商会を一まとめにして、『ローマリア三大商会』と称する。

だが、それは一昔前の話だ。

現在、ローマリアの商会といえば、誰もがカロック商会の名を口にする。

ローマリア皇国の城下町に拠点を構える三大商会は、下手な貴族よりも金と発言権を有しており、常日頃から貴族と関わっていた。

その一方、三大商会同士で争うことはせず、商材や縄張りを荒らすような真似はしなかった。これは暗黙の了解のようなものであった。

しかし十年前、クノイル商会はとある事件に巻き込まれ、取り潰しとなってしまった。

そのあと、残された商材や縄張りをカロック商会が丸ごと手中に収め、その余勢を駆ってルベニカ商会に圧をかけた結果、今ではカロック商会の一強となっている。

ローマリアで商売をしたければ、まずはカロック商会に顔を出すこと。

そこで商長の許可を得なければ、ローマリアでは何もできない。

たとえ許しを得たとしても、カロック商会の傘下に入るのはもちろんのこと、上納金が必要だ。

もし断れば、どんな手を使ってでも排除されてしまう。皇帝すら手を出すことのできない存在……それがカロック商会なのだ。

クノイル商会が取り潰しとなり、十年の歳月が流れた今、カロック商会は手が付けられないほど強大な組織へと成長した。いずれは、皇帝に取って代わるのではないかとも噂されている。

「クノイル商会……それが、エレンのお家なのね」

「はい。残念ながら今は跡形もございませんが……」

ティリスの話をする前に、エレンは己の生い立ちを語った。それはどうしても必要なことだ。

「エレン、クノイル商会はどうしてなくなってしまったの？」

ナーナルは遠慮しない。

エレンがそれを求めていることを理解している。

他の誰でもない、エレンの口から直接聞かなければならないことだ。

「……あの日、クノイル商会はとある貴族の私設兵の襲撃を受けました」

四方を塞がれたクノイル商会の人たちは、抵抗空しく命を落としていった。そしてその中には、エレンの両親もいたのだ。

襲撃の際、エレンは偶然にもティリスに呼び出されていた。

だから同じ運命を辿ることはなかったが、同時に裏切りを知った。

ティリスがエレンを呼び出した理由は、大したことではなかった。借りていた本を返すから、取りに来てほしいというものだ。

しかし実際に足を運んで顔を合わせたとき、ティリスは言っていた。

あと少しで全部終わるから、もう少し待っていて……と。

本の頁を捲りながら、ティリスがお願いする。エレンは言われた通りその場に留まったが、すぐに気付いてしまう。

ティリスの目が、文字を追っていないことに。

ティリスの口が、何も答えまいと閉じていることに。

ティリスが本を読み終わるとは言わなかった意味に。

エレンの幼なじみ、ティリス・カロック。

彼女こそ、貴族と共謀し、クノイル商会の襲撃を企てた首謀者であった。

クノイル商会が壊滅したあと、ただ一人生き残ったエレンはしばらく身を隠すことに決めた。

何もかもがカロック商会が得をするように動いており、ティリスが望むままに事が運んでいるように思えたからだ。

あのとき、ティリスが口にした台詞を、エレンは一言一句覚えている。

今回は見逃されたようだが、いずれ自分も両親と同じ目に遭うだろう。

だから逃げることにした。

ルベニカ商会に助けを求め、ティリスとカロック商会に敵対する道を選んだのだ。

そのあと、城下町を抜け出したエレンは、国境を越えて南部へ向かった。ルベニカ商会の伝手を頼り、とある喫茶店で働くことになったのだ。

そこで出会ったのが、ナーナルとモモルだ。

その日、ナーナルはモモルと二人で家を抜け出し、王都を散策していた。

途中までは楽しくて良い一日だったのだが、当時六歳のナーナルにとって、王都は広すぎた。

帰り道が分からなくなり、モモルの手を引いて必死に歩き回ったが、どうにもならない。

助けを求めるために、通りすがる人たちに声をかけようとするが、どうしても勇気が出ない。

歩き疲れて今にも泣き出しそうなモモルと二人、立往生するほかになかった。

そんなとき、声をかけたのがエレンだった。

『おいで』

文字にすれば、たった三文字の言葉だ。

しかしそれがどんなに温かく、そして心強かったことか。

ベルギスが迎えに来るまで、エレンはずっと傍にいた。

モモルが泣き疲れて眠る横で、何も心配することはないと、きみは一人じゃないよと、ナーナルに声をかけ続けてくれた。覚えたての紅茶を淹れてくれた。

後日、再び喫茶店を訪ねたベルギスは、エレンをナイデン家の執事候補として引き抜いた。

決め手となったのは、エレンが淹れた紅茶と、ナーナルの想いだ。

あの味と香り、そして優しさが忘れられず、ナーナルが直訴したのだ。

普段はわがままの一つも言わないだけに、ベルギスはその勢いに押されるがままだったという。

あの日、ナーナルが王都で迷子にならなければ、エレンと出会うことはなかっただろう。

そしてあの日、エレンが『おいで』と声をかけ、ナーナルの傍に居続けなければ、今の関係はなかったはずだ。

そしてナーナルと再会した日、声をかけられた瞬間に、エレンの人生は決まった。

『わたしを一人にしないで』

エレンの顔を見た途端、ナーナルは嬉しさのあまり涙を流し、抱き着いてきた。

嬉しいことに、その言葉は、その泣き顔は、両親を失って一人きりだったエレンにとって、暗闇の中に差し込む光そのものだった。

一度はすべてを失い、一人になってしまったからこそ、そう感じたのだろう。

だから、エレンはナーナルに忠誠を誓い、心に決めた。

もう二度と、大切なものを失わない……と。

「エレンと出会った日のことは、今でも鮮明に覚えているわ」

エレンの昔話を聞いたナーナルは、懐かしさに口元を緩める。

あれから十年、今もエレンは傍に居てくれる。それが嬉しくて、同時に申し訳なくもあった。

しかしながらすべてを承知でついて来てくれたのだから、後悔はしていないし、そんな姿を見せてはならない。むしろ、自分について来てよかったと思ってもらいたい。

ナーナルは、そう考えるようになっていた。

「……それで、わたしはどうすればいいの？」

エレンの願いは、まだ形にはなっていない。耳にするのはこれからだ。

ローマリア三大商会の過去と現在、そしてティリスとの関係を知り、ナーナルは訊ねた。

「私事で恐縮ですが……私は、クノイル商会を再建したいと思っております」

話を聞くにつれ、薄々気付いてはいたが、それはとても困難な道のりだ。

エレンの願いは、カロック商会に正面から喧嘩を吹っかけるようなものである。

だがもちろん、ナーナルが異を唱えることはない。

「クノイル商会の再建……それが貴方の願いなのね、エレン？」

「はい……ですので、ナーナル様が喫茶店を経営するに際し、少々お手を煩わせることになるかもしれません」

話を聞けば聞くほど、ローマリアで喫茶店を開くことはできないのではないかと思えてならない。

カロック商会を敵に回した時点で、居場所を奪われ、存在そのものを否定されるのだ。

だとすれば、ローマリアではなく、別の国を目指すのはどうか。カロック商会の目の届かない場所に行けば、喫茶店を開くことも不可能ではないだろう。

しかし、それは現実的ではない。

なぜならば、二人は船上でティリスと出会ってしまったからだ。

あの船に乗っていたということはつまり、ティリスはヤレドに行っていたということだ。

国境を越えた先のヤレドで、ティリスはきっと喫茶店を訪れていたのだろう。

それを考えると、たとえ今カロック商会を避けたとしても、いずれは目を付けられ、そして気付かれてしまうはずだ。

それに、エレンの願いを叶えるのであれば、カロック商会に背を向けるわけにはいかない。

「カロック商会に関する情報を私に伝えてくれていたのは、ルベニカ商会の手の者です。まずはそこを頼りましょう」

「ルベニカ商会ね……」

エレンの話によれば、今現在、ローマリアにおける土地や建物のほとんどをカロック商会が管理しているという。元はクノイル商会のものであったが、今更クノイルの血を引く者が現れたとしても、そう簡単に取り返すことはできないだろう。

　であれば、喫茶店を開くにはルベニカ商会の伝手を頼るほかに道はない。

　カロック商会と対立しているルベニカ商会には、昔のような力は残されていない。それでも助けを求めれば、応じてくれるだろう。

「まずは彼らの支援を受けて、ナーナル様の喫茶店を開きましょう。クノイル商会のことは、喫茶店が軌道に乗ったらナーナル様にもご協力いただきたいと思っております」

「でもそうすると、クノイル商会の再建には時間がかかるわ。それに、喫茶店だってカロック商会にバレないように気をつけなくちゃいけない」

「承知の上です。ご不便をおかけするかもしれませんが、まずはナーナル様の願いを叶えるのが先ですので」

「……違う。それは間違いよ」

　目を閉じ、ナーナルは思案する。

　今、自分がここにいるのは、エレンが傍にいてくれたからだ。

　感謝してもし切れないほどの恩があるが、未だに返すことができていない。それどころか、エレンは今も自分のために身を粉にしている。

　エレンと二人ならば、怖いものはないとさえ思うナーナルだが、ふと我に返ると、自分はまだ何もしていないことに気付いた。

　鳥籠の外に連れ出してもらって、喫茶店を開く夢を持った。

では、自分はエレンのために何ができるのか。

ただ黙って傍にいるだけでいいのか？

違う。夢を持った自分だからこそ、できることがある。

それは何なのか？

その答えは一つしかない。それ以外にはあり得ない。

「……ルベニカ商会を頼るのは構わないわ。でもね、誰かの目を気にして、隠れるように喫茶店を経営するだなんて、わたしは絶対にお断りよ」

真っ直ぐに、エレンの目を見る。

自分の意思を、意見を、直に伝える。

「やるなら堂々と……カロック商会に立ち向かいましょう。そしてクノイル商会を再建するの」

「しかしそれでは、ナーナル様の夢を叶えることが難しく……」

「エレン」

誰よりも優しく。

けれども強い思いを持って、その名を呼ぶ。

「貴方もわたしも、一度は現実から目を背けて逃げ出したのかもしれないわ……でもね、わたしは二度も逃げたくはないの」

思いをぶつける。

自分のために、エレンのために、二人の未来のために。

故に、ナーナルはエレンの手を取る。

「倒すのよ！　わたしたちの手でカロック商会を……ティリス・カロックを……ッ!!」

「……ナーナル様はお強いですね」

「知らなかったとは言わせないわ」

「もちろん、知っていましたとも。そして私はそんなナーナル様だからこそ……」

夜は過ぎる。

星空はゆったりと流れゆく。

この日の出来事は、二人の記憶に焼き付いた。お互いの夢を語り合い、想いを一つにしたこの時間のことを、忘れることはないだろう。

やがて、船は着く。

王都を離れ、国境を越え、隣国ローマリアへ……

第六章　ローマリア皇国

「あー、めんどくさ……」

一段一段、ティリスは詰まらなそうに階段を降りていく。

半月にも及んだ出張とは名ばかりの気楽な慰安（いあん）旅行も、残念ながら今日でお終いだ。すぐに商会へ戻り、成果を報告しなければならない。

「口うるさい爺の相手かー、サボろっかなー」

大きくため息を吐く。

せめてあのお嬢さんをあと一目でも見ることができれば……いや、もう一言でも言葉を交わすことができていれば、気分はすっきり爽やかだったはずだ。とはいえ、会えないものは仕方がない。

船着き場で待ち伏せるのも有りだが、商人にとって時間は命にも等しい。無駄に使うことはできない。と、表情を曇（くも）らせるティリスの前に、ガタイのいい人物が現れた。

「お嬢、お帰りなさいませ」

「トルスト？　あんた来てたんだ？」

恭（うやうや）しく首（こうべ）を垂れる男の名は、トルスト。

彼もカロック商会の一員で、同時にティリス直属の部下だ。

「はいはい、出迎えご苦労さん。……で、馬車はあんの？」

「こちらです」

さらりとかわし、足があるかの確認をする。

トルストの案内で馬車に乗り込むと、ティリスは早々に船着き場を発つ。

「ったく、せっかく楽しい気分が残ってたってのに、あんたの顔を見たら現実に引き戻されたわ」

カロック商会特製の馬車は、振動を最小限に抑える仕組みになっており、座席にも柔らかな素材が採用されている。

そんな居心地の良い馬車の中だが、ティリスは小言を吐いた。

「申し訳ございません」

「あーはいはい。謝罪とか要らないから。それよりお茶ちょーだい。あの船、料理はいいんだけど飲み物がいまいちでさ、クッソ不味い紅茶飲んで具合悪くなったし」

と言いつつも、具合が悪くなったからこそ、自然な形であの二人と出会うことができたのだ。

そう考えると悪いことばかりではなかった。

「どうぞお飲みください」

「ん」

あらかじめ用意していたのだろう。トルストは素早くお茶を淹れると、ティリスに手渡した。

「……かぁ～。やっぱうちのお茶が一番だわ。この茶葉を独占できたのはホントに運がよかったとしか言いようがないわね」

淹れ立ての熱いお茶を一気飲みし、ティリスは満足気な表情を浮かべる。

その様子を横目に確認し、トルストが口を開く。

「ところでお嬢。成果はいか程でしたか」

「は？　それ聞く？　あたしの態度見て分かんない？　……はーあ、結局気分悪くなんのよね」

すると、ティリスは再度ため息を吐いて、詰まらなそうに足を組む。

「やっぱダメ。全然ダメ。ヤレドの馬鹿たちさ、余所者相手に商売するつもりとかこれっぽっちもないわ。こっちがいくら大金積んでも見向きもしなかったもん」

「では、交渉は失敗に終わったということですか」

「うっさいな。まだ終わってないし。金でなびかないなら、脅せばいいだけよ。そうすれば、あっちからお願いしますって言ってくるでしょ？」

頭が固い連中だった。こちらが大金を出すと言っているのに、頑なに首を縦に振らない。

それも一人や二人ならともかく、尋ねた全員が同じ反応だった。

競合店が多く、潰れる店も当然あるが、そこに新たに入るのも地元の人間だ。

仲間意識が強いのかもしれないが、そのままでは今以上の発展は見込めない。

だから声をかけてやったというのに、全く馬鹿な奴らだ……と、ティリスは鼻で笑う。

「次に行くときは、こわーい部下も連れていくから、どうなるか楽しみねー」

喉を鳴らし、心の底から楽しそうに笑う。

「あーそうそう、楽しみと言えばもう一つあるんだけどさ、あたし見つけちゃったのよね」

あの出来事を思い出し、またも口の端を上げる。

しかし今度は、顔が蕩けているようにも見える。

ヤレドから船に乗り、ここに着くまでに、思わぬ出会いを果たしていたのだから当然だ。

「エレンって覚えてる？　ほら、クノイル商会の目つきが悪いやつ」

「エレン……ああ、そういう名前の者もいましたね。……で、それが何か？」

「あいつが同じ船に乗ってたの！　しかも女連れで！　何しにノコノコ戻ってきたのか知んないけどさ、せっかくだから歓迎してやろうじゃない？　お帰りなさいってさ？」

あまり関心がないような話題の振り方だが、内心はそうではない。ティリスの胸は弾んでいた。

結局、あれから一度も顔を合わせることはなかったが、行く先は同じだ。

どうせあの二人も城下町に行くはずだ。

だから焦る必要はない。こちらに有利な地で出迎えてあげよう。

そしてそのときは、思う存分楽しませてもらおう。

「はあ、今度こそ逃がさないんだから……！」

◇

荷物をまとめて船室を出たあと、二人はティリスの姿を見つけた。鉢合わせる可能性を考え、少し時間をずらして船を降りることにする。

時間を潰すために再度甲板へ登り、新しい土地の風景を眺める。

「ここがローマリアなのね」

ヤレドに比べると、それほど賑わっているわけではないようだ。けれども船着き場には数多くの屋台や露店が出ており、下船する人々を出迎えてくれる。

どんなお店があるのか気になるのだろう。ナーナルは目を輝かせた。

「正確には、ここはローマリアの地方の町の一つです。名をレイストラと言います」

「ふうん、レイストラね……うん。覚えたわ」

ナーナルが生まれ育ったのは、大陸の南部を支配するアルドア王国だ。

そして北部一帯を統べるのが、ローマリア皇国である。

年に一度、両国は国の代表を招待し合い、もてなし合い、深い関係を築いている。

昨年の王国代表は、第一王子のアモス・アルドアだった。ナーナルが通っていた学園の生徒会長を務める人物である。

一国の王子であるにもかかわらず、アモスは話しやすい雰囲気を持つ男だ。

男爵家のナーナルにも、廊下ですれ違うと気軽に挨拶をしてくれた。

誰が相手だろうと、分け隔てなく接する姿は、次期国王として相応しいと慕われていた。

だが、ナーナルは学園を辞めてローマリアに渡ったのだ。

今後、アモスと顔を合わせる機会はないだろう。

「エレン、まずはここで作戦会議をしましょう」

船を降りた二人は、串焼きを扱う屋台の前へ移動する。

簡易（かんい）ではあるが、椅子と机に屋根があり、その場で食事を取ることができるようになっていた。

「かしこまりました」

言われて、エレンは店主に声をかける。

いくつかの品を注文し、ナーナルと隣同士に腰かけた。

「レイストラに着いたけれど、わたしたちはこれからどう動いた方がいいと思う？」

ナーナルには、ローマリア皇国やカロック商会に関する知識がない。

だから、まずはエレンの意見を求めることにした。

「そうですね……レイストラもカロック商会の息がかかっていますので、今日は町中を散策してみて、ヤレドや王都との違いを確かめてみるのはいかがでしょうか」

「うん、いいわね。その案で行きましょう」

エレンがそう提案すると、ナーナルが乗り気になる。

レイストラを散策できることが嬉しかったのだろう。

「それじゃあ……えっと、まずは宿を取りに行けばいいのよね？」

「その通りです」

何をするにも、まずは寝床を確保してからだ。

ティリスを乗せた馬車がレイストラを発ったのは確認済みなので、町を散策しても遭遇することはない。今日に限っての話であれば、安心して町を見て回ることができる。

「よし、決まりね！」

食事も軽く済ませたところで、ナーナルはエレンを急かして宿探しに向かった。

◇

「レイストラには……喫茶店がないのね」

宿を取ったあと、早速町を見て回ることにした二人だが、お目当てのものが見つからない。

もし、レイストラで喫茶店を開くのであれば、競合店になるかもしれない。実際に足を運んでみたいと考えていたのだが……

結論を言えば、レイストラに喫茶の類いはなんと一店舗もなかった。

簡易的な屋台や露店はたくさんあるのだが、それ以外のお店が見当たらない。建物を利用した本格的な店構えといえば、宿屋と酒場ぐらいのものだ。

「この様子ですと、気軽に店を出すことができないのでしょう」

移動可能な簡易式のお店や、町から町を移動する行商人であれば、構わないのだろう。

しかしながら、喫茶店や食堂は個人店や家族経営が多い。

現に、ヤレドの喫茶店のほとんどは地元の人たちが営んでいた。

それに比べてレイストラでは、土地や建物を扱うにはカロック商会の許可が必要で、傘下に入ることを強制される。さらには、月ごとの上納金を支払わなければならないので、個人でお店を開くのは非常に困難だ。

　カロック商会の目の届く範囲で、大きく稼げるわけでもないのに好き好んで店舗を構えようとする物好きはいないのかもしれない。

　そう、ナーナルのような余所者を除いては。

「これって、逆に好機だと思わない？　他に競うお店がないのなら、お客さんはうちに来るはずでしょう？」

　常に前向きに物事を捉えるようになったのは、エレンと共にいるからか。

　ナーナルは、自分の変化を快く思っていた。

　とはいえ、それとこれとは話が違う。

「ナーナル様、それはお店を開くことが決まってから考えましょう」

「う、そうよね……それよりまずは、今後の方針について考えなければならないわ……」

　ナーナルは、クノイル商会を再建するために、遠回りしてはならないと思っている。

　喫茶店を開くのを優先すれば、その分だけクノイル商会の再建に時間がかかる。それは、ナーナルが思い描く未来とは異なる。

　では、喫茶店を開くのを後回しにすればいいのか。

　カロック商会とぶつかり、ティリスに勝利を収めてからでもいいのか。

　考えるうちに、ナーナルは喫茶店を開くということを、何かに利用できないかと思い付く。

「……ねえ、エレン？　同時進行するのはどうかしら」

「同時進行……ですか？」

「ええ。カロック商会との対決と、喫茶店の開店を同時に。もちろん、勝算もなしに動くつもりはないわ。ただ、相手は強大なのだから、こちらも土台を作った方がいいと思うの。その方が、手を貸してくれる人たちは増えるはずよ」

「……確かに」

「それでね、わたしたちが開く喫茶店を土台にして、その背中をルベニカ商会に任せましょう。この喫茶店はルベニカ商会の傘下なのだから、手出ししてはならないって宣言してもらうの。そうすれば、ローマリアで商売を営む人たちの中で、カロック商会のことを良く思わない人たちを味方に付けやすいし、ルベニカ商会は小さな喫茶店を守るために全力で動いてくれる良い商会だと印象付けることもできるわ」

何も持たないただの余所者が、カロック商会を倒すから力を貸せと言っても、鼻で笑われるだけだ。でも実際に、店舗を構えるべく行動に移し、真正面からカロック商会とぶつかる姿勢を見せたとすれば？

それも、ルベニカ商会が背後につき、矢面に立つのが元クノイル商会の一人息子、エレン・クノイル本人であれば、どう思うだろうか？

これまでの経緯を考えると、ルベニカ商会は手を貸してくれるだろう。

しかしそれだけでは心もとないのも事実だ。

だから、カロック商会のやり方に不満を持つ人たちを、もっとこちらに引き付ける必要がある。

「……その案、いただきましょう」

「ふふ、エレンならそう言ってくれると信じていたわ」

「不可能でない限り、ナーナル様の願いを形にするのが私の役目ですので」

首を垂れ、エレンが言う。

芝居がかった言いぶりだが、その言葉に嘘偽りはない。

「ただし、それもこれもまずはルベニカ商会に顔を出してからです。よろしいですね？」

「ええ、もちろんよ！」

二人の行く末を左右するであろう、ルベニカ商会。

一先ず、ここを確実に味方に引き込むところから始めなければならない。

明朝にはレイストラを発つ。それから半日も過ぎれば、ローマリア皇国の城下町に着くだろう。

そこで二人は、何も問題が起きなければ、ルベニカ商会の者と落ち合う手筈となっている。

これは、レイストラに着いてすぐにエレンが早馬を走らせていたことで実現可能となった話だ。

「それでは、時が来るまではレイストラを楽しみましょう。大通りは見て回りましたが、どこか気になる場所はございますか」

たとえ喫茶店がなくとも、見るものはいくらでもある。

王都の外へ出るだけでも胸を躍らせていたのだから、新しい町となればなおさら。今日だけで全部を見て回れないのが残念だと思うほどだ。

「そうね……まだまだ見足りないから、端から端まで歩いてもいい？」

「かしこまりました」

好奇心は大事だ。

時にそれは危険を招くこともあるが、それでも好奇心を持たなければ何も行動に移せないだろう。

だからエレンは、ナーナルの好奇心を尊重し、可能な限り遠くまでついて行くのだ。

◇

結局その日はレイストラの町を時間の許す限り見て回り、疲労を抱えて宿に戻った。

夕食として出された食事は、ヤレドと同じく、海の幸を主食に据えた料理だ。味は、正直に言うならば不味くはないが、ヤレドには劣(おと)ると言わざるを得なかった。

この町全体の料理がヤレドより美味しくないかというと、決してそんなことはない。

二人が初めに入った屋台で食べた串焼きは、十分に満足できる味であった。

レイストラの商売人には、カロック商会の傘下に入って上納金を納めるぐらいなら、その場しのぎで取り繕(つくろ)い、いつでも撤退できる状態でいた方が利口だと考えている人が多いそうだ。結果として、屋台や露店が大多数を占めてしまう。

とはいえ、店を開くからには適当なものを提供するわけにはいかない。

それは商売人としてのプライドなのだろう。

気になる点は、他にもあった。

宿の数と、その設備および接客態度についてである。

仮にもここは港町で、海を越え国境を越え、多くの人が足を踏み入れる場所である。だというのに、エレンが調べた限り、宿はたった二軒。これでは野宿を余儀なくされる者もいるだろう。

しかもそれだけではない。

宿の部屋自体も質素な造りで、ベッドは随分と年季の入った簡易式のものが用意されている。室内に机や椅子の類もない上に、窓のない部屋もあり、まるで牢獄だ。南部のヤレドが素晴らしい町なだけに、比べると差が酷すぎる。

レイストラを訪れる人たちは、宿に対し、常に同じ不満を抱えていた。しかしながら、月日を経てもそれが改善されることはなく、むしろ悪化の一途を辿っている。

接客も同様で、泊めてやっているのだから感謝しろ、といった態度の不愛想なものだった。

クノイル商会が健在のときは、このような問題は一切なかった。

けれどもカロック商会がクノイル商会の商売を引き継いで以降、問題が多発している。

また、驚くことに、商売の国として栄えたローマリアではあるが、実は十年前と比べてみると、商人の数が半数ほどに減っているという。この数字を危機と見るか、それとも精鋭が残ったと捉えるか。カロック商会は後者と捉えることにしたようだが、本当にそうなのだろうか。

明日にはルベニカ商会の手の者と落ち合う手筈になっているので、ある程度考えをまとめておきたいところだが、ナーナルの思考は今もまだこんがらがったままだ。

ローマリアにカロック商会、ティリスや喫茶店のことなど、考えることは山ほどある。

結局、疲労が眠気に変わり、二人はそのままレイストラでの夜を迎えた。

それからゆっくりと時が過ぎていき、明朝、夜明け前。

「――ッ!?」

二人が泊まる宿の扉が、軽く叩かれた。何者かが訪ねてきたらしい。

一体誰が、こんな時間に何の目的で?

「……エレン」

「私がいます」

だから安心してください、と。

人差し指を口元に当て、言葉を発さないようにと身ぶりで注意する。

エレンは、薄明かりの室内を足音もなく扉の前へ移動した。扉一枚挟んだ向こう側にいる人物の息遣いに耳をすます。そして、

「……文に目を通さなかったのか」

小さく息を吐き、扉の鍵を開けた。

「通した上で来た。それよりも、追われる身のくせに得物(えもの)の一つも持たないのか？　不用心にもほどがあるぞ」

「力ずくで解決するのは最終手段だ」

「ふん、相変わらずいけ好かない男だ」

そう言いつつも、エレンと言葉を交わす人物は口の端を上げる。

「……エレン、その方は？」

「申し訳ございません。紹介が遅れましたが、こいつは……」

「こいつ呼ばわりとは、随分な扱いじゃないか」

「なんだ？　名前で呼んで欲しかったのか」

「ああそうだな、前みたいに呼べよ。そしたら愛想笑いの一つでも浮かべてやるから」

慣れた喋り方の二人に、ナーナルは眉を寄せる。

その表情を見て、二人を訪ねた人物はニヤリと笑い、口を開く。

「ロニカ・ルベニカ。それが俺の名前だ。覚えておいて損はないぞ」

突然の訪問者。それは、ルベニカ商会の一人娘——ロニカ・ルベニカであった。

「貴女があの、ルベニカ商会の……」

「ほう？　その様子だと、こいつから俺の話も聞いてるみたいだな」

そう言って、ロニカがエレンに目を走らせる。

「ロニカ、お前も同じ呼び方をしているじゃないか」

「あ？　お前に言われたから、やり返しただけだ」

随分と乱暴な物言いだが、悪意を持っているわけではない。それだけはナーナルにも分かる。

しかしながら、まだ何が何やら把握し切れていない自分がいた。

「ナーナル様。残念ながらこの者が、お伝えしていたルベニカ商会の者になります」

「おい、俺に喧嘩売ってるのか？　その言い方はないだろう」

「もっと話の分かるやつが来ると思っていたものでな」

「ふん、話の分かるやつを迎えに行かせたら、お前の話術に引っかかって骨抜きにされるだろ。お前の好きにさせないように、俺がわざわざ出張ってきてやったんだ。ありがたく思え」

「もう一度言うが、残念ながらありがた迷惑だ」

次から次に言い合い、その都度、二人はため息を吐く。

だがそれも一段落したのだろう。エレンは一息吐くと、話題を変える。

「ロニカ、場所や時間に問題があったのか」

「いや、俺の独断でここに来た。それだけだ」

元々の予定では、明朝にレイストラを発ち、ローマリア皇国の城下町に入る前に、ルベニカ商会の手の者と落ち合う手筈となっていた。

その相手は決まっていなかったのだが、早馬から文を受け取ったロニカが、どうやら独断でレイストラへやってきたらしい。

「あえて言うなら、お前が言うお嬢様とやらの顔を、一足先に見ておきたいと思ったぐらいだな」

そう言いつつ、ロニカは再び視線をナーナルへ向けた。

頭の天辺から足のつま先まで、じっくりと観察する。

「……エレン、俺はお前と知り合ってそこそこ長いが、今ようやくお前の好みを理解したぞ」

「ロニカ、少し口を閉じろ」

はあ、と疲れ気味に息を吐くエレンとは対照的に、ナーナルは先ほどまであった眠気が一気に吹き飛んでしまった。

彼女の言い方から察するに、エレンの好みは……いやまさか、それはありえない。いえ、でも膝枕もしてくれたし手の甲にキスもされたし手も繋いだし、ひょっとしたらありえるのかも……？

一瞬で、ナーナルは頭が熱くなる。

「も、申し遅れました。わたしはナーナル・ナイデ……いえ、ナーナルと申します」

ナイデンの名を口にしようとして、すぐに改める。

自分はナイデン家を飛び出した身だ。その名を語る資格はないし、名乗るつもりもない。

今の自分は、ただのナーナルなのだ。

しかしながら、ロニカは詰まらなそうな顔をする。

「全く、国境を越えて厄介事を持ち込むとは、何とも恐れ知らずで呆れたお嬢様だな」

「その点は重々承知しております。それでも、ロニカ様とルベニカ商会の皆様にお力添えいただきたいのです」

ナーナルは頭を下げる。

己のわがままで、エレンやロニカ、そしてルベニカ商会を巻き込もうとしているのは確かだ。

「おい、エレン。お前のお嬢様は随分と我が強そうじゃないか」

「ナーナル様に対する言葉には気を付けるんだな」

「馬鹿が、今のは褒め言葉だ。お前が惚れ込むだけのことはあるって話じゃないか」

「ほ、惚れ……!?」

「……ロニカ、やはりお前では話にならない。別の者を用意してもらうよう、再度早馬を出す」

「おいおい、今からここを発つんだからな、冗談を言ってる暇はないぞ」

目を細め、ロニカが喉を鳴らす。

そしてニンマリと口の端を上げた。

「初めに言っておくが、俺はお前たちに手を貸すのは反対だ。親父にも散々言ってやったんだ。あいつらのお守りをしてやっても、一銭の利益にもならないとな」

「だとすれば、お前の親父さんに感謝しよう。娘の戯言に耳を貸さずにいてくれて、ありがとうございますとな」

「はっ、言ってろ」

首の骨を鳴らし、ロニカは二人を見る。

「……まあいいさ。お嬢様を直に見て、俺も気が変わった。ここ最近、大きな揉め事の一つもなかったからな。これを機に暴れさせてもらうぞ」

まだ、二人はロニカに、カロック商会と正面からやり合うことを話してはいない。

早馬で伝えたのは、カロック商会に目を付けられることなく、城下町へ入る際のほう助と、喫茶店の経営についてだけだ。

だというのに、ロニカは既に暴れるつもりでいるようだ。

「……ほどほどに頼む」

「断る。お前らのために暴れてやるんだから、感謝だけしておけ」

部屋の窓を開け、空気を入れ替える。

少しばかり、空が明るくなっていた。

「募る話は、馬の上ですればいい。さっさと支度して降りてこい。いいな？」

それだけ言い残し、ロニカは部屋の外に出る。

「ロニカ様」

だが、その背中にナーナルが声をかけた。

「この度のこと、心より感謝いたします」

「……様を付けるな。体が痒くなる」

「あ、……では、ロニカさん？」

「ロニカでいい。俺もお前をナーナルと呼び捨てるからな、おあいこだ」

「はい！」

まもなく夜が明ける。

ナーナルとエレンは、宿を出る支度を手早く済ませ、外で待つロニカと再合流した。

◇

「馬上は振動が強く危険ですので、しっかりと掴まっていてください」

「大丈夫よ、王都を出るときにも乗ったじゃない」

「あのときは私が後ろにいましたので」

「あぁ、そうだったわね。それなら今回もそうする？」

「いえ、ナーナル様がこのままでよろしいのでしたら構いません」

「そう。だったら後ろでお願いするわ。……ああでも、どこを掴めばいいの？」

「多少窮屈かとは思いますが、私の腰に手を回していただければ」

「腰に……手を回すのね？　う、うん……いいわ。こうやって……どう？」

「優しすぎます。その程度では、途中で振り落とされますよ」

「こ、これ以上強く……？　でもそれだと、エレンが苦しくなるかもしれないわ」

「私は構いません。ナーナル様の安全が第一です」

「そんなに言うなら……んっ、これでいい、エレン？」

「問題ないかと」

「そう？　でもわたし、別の問題が起きて頭が少し熱くなってきたかも……」

「……お前ら、本当にベッタリなんだな」

げんなりした顔で、ロニカが呟く。

その視線の先にいるのは、馬に跨ったナーナルとエレンだ。二人乗りをしており、ナーナルがエレンの腰に手を回している。

「え？　なに？　ロニカ、今何か言った？」

「……はぁ」

ため息が漏れる。

自分には、浮いた話は一つもない。

もちろん、そんなつもりは毛頭ないので構わないのだが、まさかあの堅物エレンにそういう相手ができるとは思ってもみなかったと、ロニカは内心驚いていた。

「お前が店を開いたら、しばらくはただ飯を食わせてもらうからな」

「ご飯？　……あぁ、そうよね。喫茶店にもご飯を食べに来る人がいるから、今のうちにメニューを考えておく必要があるわ」

喫茶【宿船】では、軽食を取ることもできた。

ナーナルが開く喫茶店は、本を読んだり借りたりすることができる。その部分が一番の売りなのだが、メニューの中身については、特に頭を悩ませることになるだろう。

ナーナルは料理をしたことがない。ナイデン家に居たときは、住み込みの料理人がすべてを担っていた。問題はそれだけではない。本についても同様である。

図書館のように貸し出しを可能とするには、ある程度の量を確保しなければならない。

それだけの本を仕入れるのにはお金がかかるし、ナーナルが一冊ずつ選ぶとなれば、途方もない作業となるだろう。

ナーナルは難しそうな表情で考え込む。

一つ考えると、二つ三つとすべきことが出てくる。しかしそれをすべて綺麗にまとめることができたとき、ナーナルが理想とする喫茶店が完成するはずだ。

そのためにも、今は目の前の問題に集中しなければならない。ティリスとカロック商会を相手取り、一戦交えようとしているのだ。出鼻を挫かれ、躓いている余裕はない。

「しかしまあ、笑えるな。ティリスの色仕かけには全く引っかからなかったのに、世の中何が起こるか分かったもんじゃないな」

「そんなことをされた覚えはない」

「はっ、それはお前が気付いてなかっただけだろう。いや、気付いてはいたか？　その上で、距離を取ってたという方が合ってるな」

「ティリスの私に対する感情は、好意とは別物だ」

「別物？　じゃあなんだ。あれほどお前を振り向かせようとしてたやつが、好意以外のどんな思いを持ってたって言うんだ」

「嫉妬だろう」

「……あぁ、それは盲点だ。確かにあいつは自慢したがりだったから、ありえるな」

ティリスの顔を思い浮かべているのだろう。ロニカは苦々しい表情をしている。

「まあ、俺とお前は全く羨ましがらなかったから、それが癪に障ってくっつき始めたのかもしれないな。……もっとも、最後の方は狂いすぎて何もかも奪おうとしやがったわけだが」

それは、クノイル商会を指している。

過去を思い出し、ロニカは詰まらなそうに舌を打つ。対するエレンはそれ以上口を開かず、馬を走らせた。

レイストラを発った三人は、しばらくは舗装された道を進む予定だ。しかし城下町に入る門の手前辺りで一旦道を外れる。カロック商会の者に気付かれないように、正面からは入らない。

それでも何事もなければ、夕暮れ時には着くことができるだろう。

「ねえ、ロニカ？　貴女に一つ聞きたいことがあるのだけど、いいかしら？」

馬上に慣れ始めたナーナルは、並走するロニカへ目を向ける。

「手短に言え」

走りながら喋るのは、思ったよりも疲れが溜まる。

それでも今のうちに聞いておきたいことがあったので、ナーナルは口を開いた。

「ええっと、ロニカは昔から自分のことを『俺』と言っているの？」

「こんなときにそんなどうでもいいことを……。それが何か問題か」

「いいえ、自分を俺と呼ぶ女性に出会ったことがなくて、少し驚いてしまっただけよ。それに、向こうに着いたら聞く時間なんてなくなると思って」

「悪いか？　俺はお前と違って貴族じゃない。自分の呼び方ぐらい好きにさせろ」

「ううん、別にダメと言っているわけじゃないわ。ただ、王都を出てからわたしの知らないことがたくさんあって、ロニカのその話し方も、そのうちの一つなのかしらって……」

ここで、エレンが口を挟む。

「ナーナル様、ロニカは騎士になるのが夢でした」

「え？　騎士に？」

「はい。しかしローマリアでは女性が騎士団に入ることは許されず、門前払いされています。それでも夢を諦めきれず、口調だけでも男になろうとした結果が、今のロニカです」

「おい、エレン。それ以上俺の過去を掘り返すなよ？　じゃないとお前の恥ずかしい話をナーナルにぶちまけるぞ」

「生憎(あいにく)だが、私にはそんな過去はない」

「あら、ないの？　……凄く残念」

「ナーナル様、そこは残念がらないでください」

「ふふ、冗談よ」

「馬鹿共が、また二人の世界に入りやがったか」

呆れ気味にため息を吐き、ロニカが先を行く。

「今でこそアレですが、ロニカも昔は自分のことを『わたくし』と呼ぶ時期がありました」

「えっ、そうなの？」

「おい、その話はもう終わりだ。聞こえてなかったのか」

エレンの追撃を耳にして、ロニカが馬の速度を落とし、再び並走する。

「私とティリスと三人で、貴族ごっこをしていたこともあったな？」

「ふん。あの頃はまだ、貴族のクズさ加減に気付いてなかっただけだ。ティリスが俺を真似て、わたくしと言い始めたおかげで、ようやく理解できたよ。その滑稽(こっけい)さをな」

自嘲気味に喉を鳴らし、ロニカが首を振る。

「貴族でも何でもない、ただの商人の娘風情が、かしこまった喋り方をするなんて、馬鹿らしいと思わないか？」

「そうかしら？　自分を何と言おうと、それは自分で決めたことなのだから、周りにとやかく言われる筋合いはないと思うわ。だからわたしは、貴女が『俺』と言うのを笑ったりしないし、むしろ自分を持っているのだと尊敬するけど？」

「尊敬ねえ……親父も匙を投げたってのに、そんな風に言うやつは初めてだ」

「わたしも、ロニカみたいな女性に出会うのはこれが初めてよ。そしてね、とても素敵だと思う」

「……お前はエレンよりもたらしの才能がありそうだな」

ぼそりと呟き、ロニカは再度、馬を先行させる。

ずっと言葉を交わしていると、どんな秘密でも話してしまいそうになりそうだった。

王都にいた頃のナーナルは、自分の意思をしっかり持ってはいたが、それを言葉にすることはなかった。しかし今では、思ったことをすぐに主張するようになっている。

それもこれもすべては、エレンが傍にいてくれるから。

わがままを言う相手はエレンに限定しているのだが、それでも両親やモモル、それにロイドが今のナーナルを見たら、まるで別人だと驚くことだろう。

色んなことを考え、思い返しながらも、時間は過ぎていく。

そして、日が落ち始めた頃。

舗装された道を外れた三人は、城下町のすぐ傍まで辿り着いた。

◇

「あとは歩きだ。馬は商会のやつに運ばせるから、適当に繋いでおけ」
「……ここまで運んでくれてありがとう」
乗っていた馬の体を撫で、言葉をかけて労う。
今三人がいる場所は、城下町の北門から少し離れた森の中だ。
東西南北を城壁で囲まれる城下町は、商人の町であると同時に城塞都市でもある。
各国から多数の行商人が集まる中には、武器商人も多い。武具を安価で揃えることが容易だから
だろうか、武具や雇い主を求めて、多くの傭兵が町の門を叩く。カロック商会はそんな傭兵たちを
雇い、利用していた。
たとえば、北門の入口には武器を持った男たちが数名、張り付いている。
彼等の狙いは、ローマリアを訪れる新顔を見つけて勧誘し、カロック商会へ連れていくことだ。
傘下に入れることができれば、彼等にもいくらかの報酬が支払われる。それを目当てにした手荒
な連行が横行し、ローマリア全体で問題となっていた。
しかし今、彼等は別の仕事も任されている。それは、ナーナルとエレンを見つけ次第ティリスに
報告し、可能であれば身柄を拘束することだ。

「抜け道がある。こっちから行くぞ」

ロニカに言われて、ナーナルとエレンがついて行く。

見張りのことを予想し、あらかじめ対策していたのだ。

その数はロニカ曰くいつもの倍以上で、この様子だとやはり、ティリスは船上で出会ったエレンに気付いていて、手荒い歓迎を企んでいたのだろう。

「ティリスが戻って、僅か一日でこの状態か……。エレン、お前も随分と気に入られたもんだな」

「虫唾が走る」

ばっさりと言い捨てる。

ティリスは、両親やクノイル商会の仇だ。たとえ幼なじみでも、今更ティリスに対する感情が変わることはない。

「エレン。深呼吸して」

「……申し訳ございません。少し熱くなってしまいました」

エレンの手を優しく握り、ナーナルが耳元で囁く。すると、揺れ動いたはずの感情が一瞬で静まり、表情も柔らかさを取り戻す。

「熱くなったエレンも素敵だけれど、自分を見失わないでちょうだい。今ここにいるのは、貴方一人ではないわ。ロニカとわたしが一緒なのだから……ね？」

「かしこまりました」

自分は、あくまでも執事だ。ナーナルのために存在している。

それが大前提であり、その上でナーナルが許してくれるから、カロック商会とやり合うことを決めた。それを忘れてはならない。

エレンは静かに頷き、ナーナルに感謝した。

「しかし、こんなところに抜け道があるとは……」

「俺が作ったんだ。いい出来だろ？」

完璧と思われた城壁も月日を重ね、劣化した箇所がいくつも見つかっている。

そのうちの一つに目を付けたロニカは、すぐ傍の一軒家を購入して壁に穴を開けることで、外へ抜ける通り道としたのだ。

「カロック商会のやつらは、土地や建物の権利を主張するだけの間抜け揃いだ。壁に穴が開いていようが修繕する気もない。だから俺みたいなやつに出し抜かれることになる」

悪い笑みを浮かべ、ロニカは二人を案内する。

穴を通って城壁の内側へ入ると、すぐ傍に古い造りの家が建っていた。

「しばらくの間は、ここを拠点にしろ。普段はルベニカ商会と関係の薄いやつらに格安で貸してる場所でな、ティリスに目を付けられることはないはずだ。そいつらには別の家を用意したから、心配無用だ。気を付けるべきは、城下町を歩くときに傘下のやつらに見つからないことだな」

「感謝する」

「俺は商人だぞ？　感謝なんかされても一銭にもならないから、貸しにしといてやる。いつか返してもらうから、忘れずに覚えとけ」

「ああ、忘れるように努めよう」

「おい」

それだけ言い捨てると、ロニカは町の人混みに紛れてしまった。

「……紹介が遅れましたね」

「え？」

受け取った鍵を使い、家の扉を開ける。

エレンは振り返り、ナーナルに笑いかけた。

「ようこそ、ローマリア皇国へ」

「――ッ」

ナーナルは今、ローマリア皇国にいる。

旅の目的地であり、終着点でもある場所だ。

「ここが、エレンの故郷なのね」

「はい」

十年振りに戻ってきた。

町の中をじっくりと見て回ることはまだできないが、それでもエレンは嬉しかった。

「ナーナル様がいてくださったからこそ、私は再びこの地に戻ることができました……。心より、感謝申し上げます」

「感謝は要らないわ。だってほら、一銭にもならないってロニカが言っていたじゃない？」

ロニカの台詞が耳に残っていたのだろう。

冗談っぽく返し、ナーナルは笑ってみせた。

「それは困りましたね。では、どうすればよろしいでしょうか」

「簡単よ」

ナーナルが手を伸ばす。

「わたしの力になってちょうだい。どんなことがあっても、ずっとわたしの傍にいて」

その言葉を聞いたエレンは、ゆっくりと頷き、ナーナルの手を握る。

そして期待通りの言葉を返す。

「もちろんでございます」

エレンの返事を聞いて笑い合うと、ナーナルは家の中に入ってみる。

「あら、凄く綺麗ね」

室内を見て、思わず口にした。

築年数は定かではなく、外壁はところどころ剝がれていたが、家の中は違った。

ルベニカ商会の手に渡って以降、人が住めるようにと清掃し、実際に利用していたからだろう。

ベッドも机も椅子も台所も、食器や日常で使うものなども、何から何まで揃っていた。

実はアルドアの王都にいた頃から、エレンはルベニカ商会とやり取りを交わしていた。

故に、エレンがナーナルと共に王都を出たと知った時点で、二人のためにとロニカが用意させておいたのだ。

「住む場所があって、傍にエレンもいて、新しい生活を始めるには良い環境よね」

これでカロック商会さえいなければと恨み言を付け加えることなく、ナーナルが笑う。

その言葉に、エレンも無言で頷いた。

タンスの中には、男女それぞれの衣類が仕舞ってあった。食料も豊富に置いてあるので、しばらく引き籠ることになったとしても困ることはないだろう。

もちろん、家の外に出ることは禁止されていないが、二人はティリスに顔を知られている。堂々と城下町を散策するのは避けた方が無難だ。

ロニカやルベニカ商会の者が様子を見に来るはずだから、その際にカロック商会や城下町について、できる限りの情報を得ておきたい。

「食事の支度をしますので、少々お待ちください」

「あっ、エレン。一つ相談があるのだけれど……」

台所に立つエレンの背にナーナルが近寄り、声をかける。

「わたしに、料理を教えてほしいの」

「ナーナル様にですか？」

「ええ。だってほら、わたしたち……喫茶店を開くでしょう？　だからわたしも、料理の一つや二つくらい覚えた方がいいかなって」

その言葉に対してエレンは、料理は自分がするから気にしなくてもいい、とは言わなかった。

喫茶店はナーナルの夢であり、同時に成長する場でもある。料理を覚えたいというのであれば、その願いに正面から応えるのが自分の役目だと、エレンは考えているからだ。

「それはつまり、喫茶店に来たお客様は、ナーナル様の手料理を食べられるというわけですね」

「そ、そんな大層なものは作れないから！　誰でも作れるような簡単なものだけよ！」

エレンの台詞に、ナーナルは慌てて返事をする。

「なるほど、ではまずは目玉焼きなどいかがでしょうか」

「それって、卵を落として少し待つだけよね？　流石に簡単すぎない？」

「確かにその通りです。しかしナーナル様、自分が食すのではなく、お客様に提供するものとお考えください。そうすると、目玉焼き一つといえども気をつけるべき点がいくつかございます」

喫茶店のメニューに載せるのであれば、食べることができればそれでいい、というわけにはいかない。形よく、味もよく、満足のいくものを提供しなければならない。

それは、料理未経験のナーナルにとって非常に難易度の高い壁といえる。

「そ、そうよね……分かったわ。エレンの言う通り、まずは目玉焼きを完璧に作れるようになる！」

拳を握り、気合を入れる。

その姿を見て、エレンは微笑んだ。

「これからしばらくの間は、目玉焼きが続くことになりそうですね」

「ええそうね……え？　それってどういう意味？」

「ナーナル様の手料理を食べることができて幸せだという意味です」

「違うでしょう？　それ、絶対違う意味よね？」

視線を逸らし、笑いを堪えるエレンに、ナーナルが詰め寄る。

しかし返事をせずに卵を取り出し、エレンは早速実践してみせる。

「それでは早速、料理の時間と参りましょう」

◇

カロック商会――副商長室。

その室内に、二人の姿があった。

一人は、ティリス・カロック。この部屋の主であり、カロック商会の副商長だ。

そしてもう一人は、トルスト・バリストロ。ティリス直属の部下で、同時に秘書を務めている。

柔らかな素材の椅子に腰を沈めたティリスは、両足を机に乗せたまま、舌打ちする。

「チッ、あいつらどこに消えたわけ？　門には見張りを付けたはずでしょ？」

「申し訳ございません」

「あのねー、あたしが聞きたいのは謝罪の言葉なんかじゃなくて、エレンとあの女がどこにいるのかってことなの。あんたさー、そんな簡単なことも理解できないわけ？」

「……申し訳ございません」

「はーあ、ホントに使えない男よね。あんたがバリストロ家のガキじゃなかったら、とっくの昔にクビにしてるわよ」

ティリスは、レイストラに着いてすぐ、トルストが用意しておいた馬車に乗り込んだ。ナーナルとエレンの行く先を確認することなく、一足先に城下町へ戻ったのだ。

どうせあの二人も目的地は同じはずだ。だとすれば、出迎える準備をしてやろう。

そう考えたティリスは、カロック商会に戻ったあと、部下に指示を出した。

エレンを見つけ次第、ここに連れてこいと。

だが、このざまだ。二人の行方(ゆくえ)は全く分からず、今どこにいるのかも定かではない。

「めんどくさいネズミね……」

ティリスは考える。

ひょっとして、あのときあたしに気付いて、ヤレドに引き返した……？

いやでも、エレンはそんな素振りは見せていなかった。

そもそもあれから十年も経っている。

子供だった頃のあたしとは違う。今のあたしは大人の女性だ。

見た目も変わって、より美しくなっている。

見惚(みと)れることはあったとしても、そう簡単に気付かれることはない。

だから絶対、レイストラで船を降りて城下町まで来るはず……

「……あ」

しかしティリスは思い出す。会話の流れのせいもあったが、ティリスは面と向かって名乗っていた。それもカロック商会の名前付きで。

「あー、あたしやっちまったかも……」

ため息を吐くが、あの発言を取り消すことはできない。

それに、よくよく考えてみれば、理由はそれ以外にもある。

ローマリア、中でも城下町は、エレンにとって近寄りがたい場所だ。

一度逃げた地に、わざわざ戻ってくるだろうか。

今更戻っても、エレンにできることは何もない。当時なら、まだ耳を傾ける人もいたかもしれないが、今となっては昔の話だ。もはや誰も聞く耳を持たないだろう。

それは、因縁(いんねん)のあるルベニカ商会にも同じことが言える。

かつてのローマリア三大商会の一角も、今や名ばかりだ。カロック商会の足元にも及ばない。

仮にエレンが誰かを頼るとすれば、あのいけ好かない一人娘のロニカだろう。しかしここ数年、ルベニカ商会は大した動きを見せていない。

結局、今のルベニカ商会にはカロック商会とやり合うだけの体力が残っていないのだ。

となれば、この線も消えることになる。

では、エレンの行く先は一体どこなのか……？

あれから既に数日、待ちくたびれたティリスは、部下に命じてレイストラまで捜しに行かせた。

カロック商会傘下の宿に二人が宿泊したことが分かったので、船を降りてレイストラに足を踏み入れたのは間違いない。しかしそのあとの足取りが全く掴めない。

まさか、城下町を回避して、別の町に向かったのだろうか？

それともやはり、一日置いて引き返したか……

「はー、さっさと出てこいっての……」

足で机を押し退け、苛々を面に出す。

一度は考えた通り、此度の件にルベニカ商会が一枚噛んでいるということを、ティリスはまだ知らない……

第七章　ルベニカ商会

城下町に着いて、初めての夜。

夕食を取ったあと、湯船に浸かっていると、眠気がナーナルを手招きし始める。

今日一日で、思っていたよりも疲れが溜まったのだろう。エレンの背にくっついたまま、長い時間を馬の上で過ごしたのだから当然だ。それに伴う緊張や精神的な影響も大きかった。

自分の心臓の音が伝わっていないだろうかと不安になったり、くっつきすぎたらエレンに迷惑なのではないかと頭を悩ませたり、けれども不安定だから、この体勢を維持するほかにないと自分に言い聞かせたり、精神的にも肉体的にも休む暇がなかった。

そんなこともあってか、部屋に戻ってエレンが淹れたお茶を飲むと、すぐに眠りに落ちてしまった。

そして翌朝。

美味しそうな匂いにつられて目が覚める。その正体はエレンが作る朝食だ。

「……おはよう、エレン」

「おはようございます、ナーナル様。間もなく完成しますので、着替えてお待ちください」

ベッドから起き上がり、寝間着姿のまま、エレンに近寄る。

フライパンの中をのぞき込むと、ベーコンの上に卵が割り入れてあった。

「美味しそう……」

「目玉焼きに一手間加えたベーコンエッグになります」

目玉焼きもだが、これも上手に作れるようになりたい。

そう考えながら、ナーナルはエレンの傍を離れ、着替えを済ませる。

「お待たせしました」

「ううん。作ってくれてありがとう、エレン」

朝食の支度が済み、二人はテーブルを挟んで座る。

これが、二人で迎える城下町での初めての朝だ。

「……うん、美味しい」

「お口に合ってよかったです」

ベーコンエッグの他に、軽くあぶったパンとサラダに、玉ねぎをメインにしたスープが付け合わせてある。寝起きのお腹にも優しいメニューを口にしたナーナルは、満足気な表情を浮かべた。

「ところで、今日の予定は決まっているの？」

「正午にロニカが訪ねてきますが、それまではゆっくりできます」

ぐっすりと眠ることができたからだろうか、昨日の疲れはほとんど残っていない。だから、もしエレンやロニカが許してくれるのであれば、午後からは外に出て町を見て回りたい。

だが、まずはロニカが来るまで、家の中でエレンと二人きりの時間を楽しもう。

その時間をどのように過ごすべきだろうか。

「うーん……」

スープで喉を潤すと、体が芯から温まっていく。

ホッと心を落ち着かせ、エレンが作ってくれた料理に改めて目を落とした。既に半分以上を食べてしまったが、安心できる味に口元を緩めた。

「エレン。ご飯を食べ終わったら、早速目玉焼きの作り方を教えてちょうだい。もちろん、ちゃんと全部食べるから心配しなくてもいいわ」

「なるほど……では、食べ過ぎは体に毒ですので、半分は私がいただきます」

「もう、エレンには美味しくできたものだけを食べてもらおうと思っているのに……」

自分が作ったものがどんな出来であろうともナーナルは食べるつもりだが、エレンも食べるとなると、話は別だ。失敗を繰り返すわけにはいかない。

なるべく早く、美味しくて形の整った目玉焼きを作らなければ。

「かしこまりました」

「あ、それとあとね、片付けはわたしがするから」

「ナーナル様が……ですか？」

「どうしてそんなに驚くのよ」

「いえ、失礼しました」

嬉しさ半分、そして驚き半分といった様子のエレンを見て、ナーナルは頬を膨らませた。

ご飯を食べたあとは、片付けが待っている。

料理はもちろん、今までは皿洗いすらしたことがなかった。しかしこれからは、自ら率先してするべきだ。これは生きていく上で至極当然のことであり、きっと今までの方がおかしかったのだ。

先ほど改めて思ったことだが、料理を作るエレンの背中は格好良かった。

ナーナルは、自分も同じように、誰かのために料理を作れるようになりたいと考えている。そしてそのためには、料理以外のこともこなせるようにならなければ。

「では、ナーナル様が片づけをする間、傍で見守らせていただきます」

「……お皿、割ると思っているでしょう？」

「まさか」

エレンは優し気な笑みを浮かべ、ナーナルの疑わし気な目をかわすのだった。

「……確かお前は喫茶店を開きたいと言ってたよな？」
正午過ぎ。
予定通り、ロニカが訪ねてきた。
昼食の支度をしていたら作りすぎてしまったので、食べてくれと言われたロニカは、何の疑いもなく家に上がる。そしてテーブルの上を見て言った。

「俺には、目玉焼き専門店を作ろうとしてるようにしか見えないんだがな……」

テーブルの上には、いくつもの目玉焼きが並んでいた。

「目玉焼き専門店？　ふふ、それも面白そうね……でもまずは喫茶店が先だから、二号店を出すときにまた考えましょう」

「……冗談だよな？」

「ええ、冗談よ？」

さらりと返され、ロニカはムッと眉をひそめる。

しかし、すぐに緩めてため息を吐いた。

「はあ……話せば話すほど、お前に対する印象が変わるよ」

「あら、それは褒めているのかしら？」

「聞くな」

ロニカは手であしらう。席に着き、早速食べることにした。

「いただきます」

小さな声で、けれどもしっかりと言葉に出して、目玉焼きを口にする。

そして再び、眉をひそめた。

「……おい、これを作ったのはどっちだ」

「ロニカはどっちだと思う？」

「そういうのは時間の無駄だから、さっさと答えろ」

「つれないのね……いいわ。それを作ったのはわたしよ」

「ほう？　これをお前がな……」

皿の上の目玉焼きに目を落とし、ロニカが頷く。

「それで、お味はいかが？」

「詰まらん」

味はどうかと聞いて、返ってきたのは「詰まらん」という言葉だった。

「それはつまり……美味しくなかった？」

やはり、もっと料理の練習をしなければならない、とナーナルは考える。

だが、ロニカは首を横に振った。

「違う。普通に美味いから詰まらんと言ったんだ」

モグモグと口を動かすロニカは、目玉焼きをあっという間に平らげてしまう。

「料理の練習をしてるみたいだからな、どれほど下手くそなのかと思ったが、期待外れだった」

「素直に美味しいと言えないのか」

「俺はいつでも正直だ。詰まらんものは詰まらん。それ以上でもそれ以下でもない」

「とりあえず……美味しかったのよね？」

エレンの指摘にも、ロニカは動じない。

そんなロニカを見ながら、ナーナルは肩を竦（すく）めた。

「多分、エレンの教え方が上手だったのね」

「いえ、これがナーナル様の実力です」

エレンに褒められたナーナルは、嬉しそうに微笑む。火の入れ方は問題なく、見栄えも悪くない。

ロニカが訪ねてくるまでに、何度も練習した甲斐があったというものだ。

しかし、そこに至るまでの間に、ナーナルはいくつもの卵を焼いている。

「ところでね、一つ相談があるのだけれど……ロニカはいくつ食べられる？　おかわりは自由だから好きなだけ食べていいわよ？」

一つ目を食べる前から、ロニカは薄々気付いていた。

この大量の目玉焼きをすべて食べなければ、話し合いは始まらないのだろうと。

「……俺一人に押し付けるつもりじゃないよな」

「もちろん私も食べるわ。食べるし、食べたんだけど、今はもう……」

「作ったやつが逃げるな。責任をもって全部食え」

「うっ、エレン……」

「私もお供しますので、頑張りましょう」

味はいいのだ。

ただ、お腹がいっぱいでは入るものも入らない。

ましてや、同じものばかりを食べるとなると、なおさらだ。

「今日の夕食は、必要なさそうね……」

自分のお腹を触りながら、ナーナルはぼそりと呟く。

それから数十分かけて昼食を終えた三人は、ようやく今後についての話し合いを始めた。

まず問題となるのが、カロック商会の手の者と遭遇した場合の対処方法や、どのように回避するのか。これに関しては、ロニカの案を採用することになった。

それは、町中を出歩くときは仮面を付けるというものだ。

この時期、ローマリアでは、とある行事を盛大に祝うべく、城下町すべてを舞台とした祭りを開催している。例年通りであれば、ひと月ほどは賑わいが続き、その間は変な衣装や被り物をしていても怪しまれることがない。むしろそれが普通だという。

ただし、その行事というのが非常に厄介だった。

「……アモス王子がローマリアに来るの？」

アモス・アルドア。アルドア王国の第一王子だ。

「ああ、これは年に一度の招待祭で、両国の親交を深めるための一大行事だ。俺が聞いた話だと、アルドアの代表は昨年同様、アモスって話だな」

レイストラに着いたとき、ナーナルは招待祭の概要をエレンから聞いていた。昨年、アモスがアルドア国の代表だったことも知っている。

「……申し訳ございません、私の失態です」

だからこそ、エレンは想定しておくべきだった。

「エレン？　急にどうしたの……？」

「実は、ヤレドを発つ前にロイド様からお聞きしたのですが……」

包み隠さず、エレンはロイドの話を伝えた。ナイデン家とエルバルド家——両家の婚約破棄問題にアモスが介入し、お家取り潰しを命じたと……

あのとき、ナーナルにこのことを伝えるべきだったのだ。

エレンはアモスが何を考えてそんな行動に出たのか、ある程度予想がついていた。

「ナイデン家が取り潰しに……そうだったのね」

そして案の定、ナーナルは顔を曇(くも)らせる。

修道院行きを命じられたとはいえ、ナイデン家はナーナルにとっては、たった一つの実家だ。

それがなくなるということはつまり、クノイル商会が取り潰しとなったエレンと同じ境遇になるということだ。

「わたしを心配してくれるのね」

しかし、ナーナルは動じない。

それどころか、エレンの手を握り、優しく声をかける。

「でもね、何度も言ったことだけれど……わたしにはエレンがいるわ。それに今はロニカだって」

ナーナルは、今の自分にとって何が大切なのかを考えていた。

ナイデン家のことは、過去の自分と共に王都に置いてきた。もう今のわたしには関係ない。

「それにね、何だか面白くなってきたじゃない？」

「面白く……ですか？」

「ええ。だって、わたしの実家を取り潰したアモス王子と、クノイル商会を潰したティリスが同じ場に揃うってことでしょう？　偶然でしょうけど、この状況は何かに使えそうだわ」

「おい、ナーナル。口を挟んで悪いが……お前は俺が思ってる以上に物騒な女だったんだな」

「あら、ロニカ。そこはせめて面白い女って言ってほしいわね」

女性同士で言葉を交わし、笑い合う。

そんな二人に、エレンは頭が上がらない。心が救われる。

「大丈夫よ、エレン。わたしたちは堂々といきましょう。もちろん、仮面は付けるけれどね？」

招待祭の期間中、アモスと顔を合わせる機会があったとしても、アモスが気付くとは限らない。

ナイデン家を取り潰した理由は定かではないが、それはナーナルがナイデンの名を捨てたあとの話だ。アモスに何を言われようとも構うことはない。

それに、アモスはアルドア国の第一王子だ。警護も万全を期すだろうから、そもそも会話をすることはおろか、近づくこともできないはずだ。

つまり、気にする必要はないということである。

「そうですね……」

しかしまだ、エレンは浮かない顔をしていた。

それは、ナイデン家が取り潰しになった最大の原因は、アモスのナーナルへの恋心にあるのではないかと予想していたからだ。

ナーナルの専属執事だった頃、エレンは常に彼女に付き添い、学園に入ることも許されていた。

そんな折、アモスに呼び止められて、ナーナルについて質問されることがあった。しかも一度ではなく、何度も。

アモスは一国の王子でありながら、誰が相手だろうと分け隔てなく言葉を交わすことから、女性だけでなく、男性の支持も厚い。

しかしながら、意中の女性にだけは、奥手すぎて声をかけることもままならないようだった。

しかも、ナーナルが貴族としては下位の男爵家の娘であり、王子の相手としては少々不釣り合いなこともあって、直接アプローチを仕かけてくることはない。

この調子ではナーナルに害を成す存在にはならないとエレンは結論付け、放置したのだ。

しかしそれも、今となっては話が変わってくる。

ナーナルはロイドとの婚約を破棄し、鳥籠の外に出た。

アモスがエレンを見つける度にグイグイと訊ね続けてきたことを考えると、もしナーナルと再会したら、身分の差など関係無しに声をかけてくる可能性も否定できない。

ナーナルが平民となった今なら、侍女として召し上げてしまえるからだ。

それも、異国の地での劇的な再会となれば、なおさら一人で盛り上がることだろう。

「……」

困ったものだと、エレンは頭の中でぼやく。

だが、アモスのことばかりに気を取られるわけにはいかない。すべきことは多々あるのだ。

今はとにかく、ナーナルのために全力を尽くそう。

◇

そこでロニカが手荷物から取り出したのが、顔隠し用の仮面だ。

提案の一つとしつつも、既に持ってきていたようだ。

「お前の好みが分からなかったからな、いくつか適当に見繕ってきた」

「ありがとう。仮面と聞いてどんなものかと思っていたけれど、可愛らしいものばかりなのね」

「ロニカ、これはお前の趣味か」

「男は黙ってろ」

女性用の仮面には、目元だけを覆ったものが多く、そのどれもに宝石に似せた石が嵌め込まれており、綺麗に飾り付けされていた。けれども派手過ぎず、上品な印象を与える造りのものばかりだ。

「ふうん……エレン、これなんてどうかしら？」

「とてもよくお似合いです」

試しに一つ、ナーナルは仮面を手に取り、付けてみる。そしてエレンに感想を求めた。

当然、エレンは似合うと口にする。仮面そのものの色使いが抑えめだ。それがかえってナーナルの瞳や口元の良さをしっかり引き出している。

「好きなものを選べ」

しばらく話し合いを続けたあと、ナーナルたちは町に出て、ルベニカ商会の本部に挨拶に行くことにした。

しかし同時に、エレンは残念にも思う。

仮面さえ付けていれば、町中も安心して出歩くことができる。しかし、ナーナルの素顔を見ることができなくなる。それが残念でならない。

仮面とは罪作りなものだと、エレンは心の中で愚痴(ぐち)をこぼす。

「そしてこっちがお前のだ」

続いてロニカは、男性用の仮面を取り出した。

ただし、そこには明らかな悪意が込められていた。

「……なんだ、この鼻の大きな丸眼鏡は？」

「仮面だが？」

「ロニカ、お前にはコレが仮面に見えるのか」

「逆に聞くがエレン、お前の耳は節穴か？　俺は仮面を持ってきたと言っただろう。つまりコレはどこからどう見ても仮面ってことだ。理解したならとっとと付けろ」

「却下だ。コレを付けたら馬鹿みたいに注目を浴びることになる」

「お前の方こそ馬鹿か、祭りなんだからむしろこれぐらいでちょうどいいんだよ」

十年振りの意地悪なのだろうか。とにかくロニカはエレンに容赦(ようしゃ)しない。

「そんなに言うなら、これはお前が付けてみたらどうだ？」

「この町に住む俺が仮面を付ける必要がどこにあるんだ」

「祭りの間は誰彼構わず仮面を付けると言ったのはどこの誰だ」

「チッ、わがままなやつめ……」

渋々といった様子で、ロニカは別の仮面をエレンに見せる。

一つは、縦向きに顔半分を覆うもの。

そしてもう一つは、帽子と一体化しているもの。

「……他の選択肢はないのか」

「ない。この二つが嫌なら鼻眼鏡を付けろ」

最初に出された鼻眼鏡ほど変ではないにしろ、この二つも普通の仮面ではない。

それに前者は、顔が半分隠れているとはいえ、縦半分しかないため、エレンを知る者が見ればすぐに気付くだろう。ものは試しと付けてみるが、付け心地も良くはない。違和感がある。

「エレン……その仮面、格好いいと思う」

「お褒めの言葉、感謝いたします。ですが顔を隠すことができていませんので、これでは仮面の役割を全うできません」

まさかの高評価に、エレンは惜しむ。

けれども正体がバレては意味がないので、残念ながら却下とした。

続いて、後者の仮面を付けてみる。

「あ、そっちも似合っているわ」

町に出たら、自分で仮面を探そう。

エレンはそう思ったが、再びナーナルから悪くない評価をもらい、思考を巡らせる。

「……では、これで」

鼻眼鏡ほど奇抜ではないし、顔も隠すことができている。

それに何より、ナーナルが似合うと言ってくれた。

「よし、決まったな？　じゃあ早速、外に出るが……俺とは別行動だ。迷子になるんじゃないぞ」

せっかく仮面を付けていても、ロニカと行動を共にしていたら、何の意味もない。

城下町を移動中は別れて行動することになった。

「ロニカ、感謝する」

「また感謝か……初めから大人しく言っておけ。そうすれば俺も少しは手加減して……」

「それと余った鼻眼鏡だが、お前が責任を持って付けて帰れ、いいな」

「馬鹿がっ」

言い捨て、ロニカは家を出た。ナーナルとエレンは、その背中をゆっくりと追いかける。

「……あぁ」

家の中からは分からなかったが、少し歩いて街路に出てみると、その賑(にぎ)わいにナーナルは目と耳を、そして心を奪(うば)われた。

「凄いわ。王都よりもたくさん人がいるかも……」

招待祭の期間中とはいえ、これほど活気に溢れた町を目にしたことはなかった。その規模は王都の比ではない。

街路に沿って、隙間なく屋台や露店が軒(のき)を連ね、余所見(よそみ)する場所が多すぎて転びそうになる。そうでなくとも人が多すぎるので、誰にもぶつからずに歩くことは困難だ。

「エレンが居たときも、招待祭の間は同じように賑わっていたの？」

「いえ、この祭が始まったのは今から五年前になりますので、当時はまだございませんでした」

「そうなの？　それならエレンもわたしと一緒ね」

「一緒とは？」

「二人揃って、初めての招待祭を楽しみましょう」

そう言って、ナーナルはにこりと笑う。

仮面で目元が隠れているが、その微笑みに目を奪われ、エレンは口元を僅かに緩める。

互いの国の代表を招待し合う祭り――通称、招待祭。

この祭りは王都でも開かれている。

しかしながら、王都のそれは祭りと称するにはあまりにも知名度がなく、男爵家の娘であるナーナルですら、耳にしたことがないほどだ。

ローマリアでは、国を挙げての一大行事として盛り上げる。

だが、王都は違う。ローマリアの代表を招待し、城でもてなすだけだ。

国民のほとんどが、隣国の代表者が王都に来たことを知らずに終わる。ローマリアの国民も、自国の代表者が王都でどのような扱いを受けているのか知るすべはない。

なぜそんなことになっているのかと言うと、アルドアには歴史ある国としての誇りがあるからだ。

一介の商人が一つの国を築き上げたことは評価に値するが、所詮は歴史の浅い国だ。表面上は友好的な態度を示してはいるが、裏では見下しているのが事実。

ローマリアは、そんな王都の思惑を理解していてなお、関係を深めようと努めている。それが国の発展に繋がるならばと考えたのだ。

その打算的な姿勢は、やはり商人の国ならではだろう。

「面白そうなお店がありすぎて困ってしまうわね」

あっちにも、そしてこっちにも。ナーナルは己の目的を忘れそうになるが、逸(はや)る気持ちをグッと抑えて、エレンの顔を見上げた。

「それで、ルベニカ商会にはどうやって行けばいいのかしら」

「こちらです」

しっかりと手を繋ぎ、エレンが道案内をする。

上手に人の波を避け続け、ナーナルが歩きやすい道を行く。

「それにしても……こんなに人が多いと、はぐれてしまったら大変ね」

もしそうなってしまったら、ナーナルは間違いなく迷子になるだろう。

方向音痴(おんち)というわけではないが、城下町を歩くのはこれが初めてだ。そして今は招待祭の期間中で、大勢の人々が行き交っている。

そんな中でエレンを見つけ出すのは至難(しなん)の業(わざ)だ。

「はい。ですので、ナーナル様は決してお手を放さぬよう、お願いいたします」

エレンが答える。

ただし、仮にナーナルが手を放してしまい、迷子になったとしても、エレンは必ずナーナルを捜し出し、手を差し伸べるはずだ。幼い頃に喫茶店の前でしてみせたように。


やがて、二人は目的の場所へ辿り着く。

ローマリア三大商会の一つ、ルベニカ商会の本部だ。

「迷子にはならなかったみたいだな」

二人を待っていたのだろう。

商会の入口に佇み、出迎えてくれたのはロニカだ。

「入れ。親父がお待ちかねだ」

その言葉に従い、ナーナルはエレンと共に建物の中へ足を踏み入れる。

ルベニカ商会の内部には、パッと見ただけでも二十を超える商会員の姿があった。

通り過ぎる度に会釈し、二人はロニカの背についていく。

「――お、おお？　……ひょっとして……エレンか？　だよな？　よく来たな！」

案内されたのは一番奥の部屋だ。

そこで二人は、髭を生やした男性と顔を合わせた。

「いやはや、元気そうで安心したぞ！」

「お久しぶりです、ゼントさん。そちらもお変わりないようで」

「はっは、頭はすっかり白くなっちまったけどな！」

ゼントと呼ばれた男はエレンに歩み寄ると、がっちりと握手を交わす。

続いて、その隣のナーナルに目を向ける。

「お初にお目にかかります。ナーナルと申します」

ナーナルは丁寧にお辞儀をした。

「やあ！　きみがナーナルか！　娘とエレンから話は聞いてるぞ？　国境を越えてここまで来たんだ、長旅で疲れてないか？」

「お心遣い、感謝します。ですが、エレンが力になってくれましたので、この通りです」

「はっは！　なるほどなあ。エレンの優秀さは今も健在ってことか」

大きな声で笑い、ゼントはエレンの肩を叩いた。

僅かに顔をしかめながら、エレンはそれを聞き流す。

「おっと、そういえばまだ自己紹介をしていないな？」

コホンと咳払いして、ナーナルに手を差し出した。

「ゼント・ルベニカだ。この商会の商長を務めている。気軽にゼントと呼んでくれ」

「ゼントさんですね。どうぞよろしくお願いいたします」

その手を握り、ナーナルは優しく微笑む。

すると、ゼントは目を細めた。

「ん、んー、なるほどなあ……エレンが嵌まるのも無理はないか？」

「嵌まる……？」

「いやいや、何でもない！　今のは忘れて結構！」

くつくつと喉を鳴らし、ゼントははぐらかす。そしてエレンにニヤリと笑ってみせた。

対するエレンは、ため息を一つ。

「さあ！　立ち話もなんだからな、適当に寛いでくれ」

ゼントに促された二人は、席に着く。

同じく、ロニカもナーナルの隣に腰かけた。

「さてさて、話したいことは山ほどあるわけだが……エレン。そしてナーナル。商人は時間が命だということを、きみたちは理解できるな？」

率直に訊ねられ、二人は頷く。

「では話は早い。昔話はいつでもできる。今は本題に入ろう」

商人は、己が持つ商材を大切にする。

けれどもそれ以上に貴重なものがある。それは時間だ。

時間がなければ何もすることができず、何も得られない。

故に、商人は時間の使い方に気を配る。

商長室には、ナーナルとエレン、ロニカ、ゼントの四名のみ。

他には誰もいない。ここでの話が外に漏れる心配はない。

「エレン。わたしが説明するわ」

「かしこまりました」

エレンが口を開く前に、ナーナルがそう言った。自分の口から伝えたいのだろう。

ルベニカ商会の商長であるゼントと顔を合わせて話をするところまではこぎつけた。だが実際に協力してくれるかは、説明をしてからが勝負だ。

つまり、二人の今後はナーナルの話術にかかっているということだ。

それを承知で、自分自身とエレンの未来のために、ナーナルは自ら口を開く。

「ゼントさん、わたしの目的は二つあります」

「聞かせてもらおうか」

「はい。一つ目は、この町にお店を構えることです」

「ほう、城下町にお店をね……で、きみはどんな店を開きたいのかな？」

「喫茶店です。それも図書館のように本を読んだり借りたりすることのできる、貸本喫茶を作りたいと思っています」

「ふむ。それはまた独特だな？　私の記憶が確かならば、本を貸す喫茶店というのは、ヤレドにもなかったんじゃないかな」

ゼントは商人だ。国境を越えた先の港町の情報も頭に入っている。

そして、商売を実現できるか否か判断する能力も持ち合わせていた。

「そうだな……明確な未来像や、そこに至るまでの過程や構想など、あれば教えてくれるかな」

「それは……まだ分かりません」

ゼントの問いかけに、ナーナルは首を横に振る。

「分からない？　つまりきみは、自分好みの喫茶店を開きたい、でも開くために何をすればいいのか分からない、でも私たちに協力してほしいと言っているわけだが、間違っていないかな」

ナーナルの返事に、穏やかだったゼントの雰囲気がピリピリと張りつめていく。

「その通りです。……ただ、分からないというよりも、定まっていない状態なのです。喫茶店を開くこと自体、数日前に思いついたことですので、日も浅く、形を整えることができていません」

「それはきみの都合であって、言い訳に過ぎないことは理解しているね？」

「はい。もちろんです」

商売をしたこともない人間が理想を語り、投資を求める展開は、それこそ数えきれないほど見てきた。ゼントの目の前に座り、夢を語るナーナルも、例外ではない。

「だからこそ、ゼントさんの……いえ、ルベニカ商会にお力添えをいただければと思っています」

「ナーナル、きみに手を貸したい気持ちがないわけではないが、こちらにも相応の旨味(うまみ)がなければ頷くことはできないな」

所詮は子供の戯言(ざれごと)。

大人の世界に足を踏み入れるのはまだ早い。

ゼントでなくとも、そう思うだろう。だが、ナーナルは真っ直ぐにゼントを見据える。

「旨味(うまみ)かは分かりかねますが……カロック商会が扱う商材を、ルベニカ商会が手にすることができるとしたら……いかがですか？」

「……はて。それはどういう意味かな」

「ご説明するにあたり、二つ目の目的についてお話しすることになります。……わたしは、クノイル商会を再建したいと考えています」

「クノイル商会の……再建？」

「はい。そしてそのためにわたしは、カロック商会と一戦交えるつもりです」

その名を耳にして、さすがのゼントも眉をひそめた。

クノイル商会は、ローマリアでは既に過去の存在だ。カロック商会が幅を利かせるローマリアにおいて、クノイル商会を再建するなど、素人が喫茶店を開くよりよほど困難だろう。

ましてや、一戦交えるときたものだ。

「……は、っは。実に笑える話だ」

あらかじめ、予想はしていた。しかし不可能だと結論付けていた。

まさに夢物語。

現実が見えていないにもほどがある。

だがゼントは、己の口の端が上がったことに気が付いた。

「カロック商会の商材を手にできると言うが……奴らと一戦交えて勝てる保証はどこにもない。むしろ負け濃厚だが、どうするつもりだ？」

「道中、多くの屋台や露店を目にしました」

「？　それがどうした」

「同時に、屋台や露店ではないお店の少なさにも気が付きました。これは、レイストラで見た光景と全く同じものになります」

「だから、それがどうしたというんだ」

「つまりカロック商会は、クノイル商会の商材を上手に扱うことができていないのです。それを逆手に取りましょう」

クノイル商会がなくなってから、早十年。

こんなにも馬鹿げた夢を語る者に、ゼントは出会ったことがない。

「この町の北部以外がどのような状態なのかは、まだ見ていませんので、判断しかねます。ですが恐らくは、北部と同じように屋台や露店の方が多いのではないですか?」

その予想は当たっている。

ローマリアの城下町は、東西南北四つの地区に分かれているが、どの地区においてもカロック商会の影響力が強すぎる。建物を適正な金額で借りることができるのは、カロック商会の傘下の者に限られていた。

カロック商会の傘下に入っていたとしても、上納金が必要だ。

何もせずに美味しい思いができるのは、カロック商会だけ。そんな仕組みが完成していた。

「だとすれば、現状を良く思わない方は大勢いるはずです。その思いに火を点けましょう」

ナーナルには、ローマリアに関する知識がほとんどない。

それでも、ナーナルの傍にはエレンがいる。そのことが力となり、挑戦する勇気を与えてくれる。

昨晩、ゼントと話し合いの場を設けてもらえることを知ってから、ナーナルは眠気に負けそうになりながらも可能な限りの情報を頭に叩き込んでいた。その情報源はエレンだ。

どうすれば納得してもらえるか。

どうすれば無謀な挑戦に力を貸してもらえるのか。

考えた結果、ナーナルは一つの結論に辿り着いた。

それは、ローマリアに居る商売人たちを味方に付けることだ。

ローマリアでの商売は、実質カロック商会が仕切っている。皇帝には昔のような力はなく、それはルベニカ商会も同じだ。

だから、カロック商会の傘下ではない商売人たちはずっと歯がゆい思いをしてきた。そして我慢を強いられてきた。

強大な組織となったカロック商会が相手では、喧嘩を売っても勝てる見込みは少ないから、現状を受け入れるしかなかった。

今までも、そしてこれから先も、ローマリアの商売人やルベニカ商会が限界を迎えるその日まで。

ただの一人も、カロック商会と戦おうとは……言えなかった。

ナーナルは、その膠着した状態を利用することにしたのだ。

その真っ直ぐな眼差しを受けとめ、ゼントは思い出す。

――本当は一人だけ、それもゼントのすぐ傍に、声を上げた者がいた。

だが、聞こえないふりをした結果、彼女は声を上げることをやめてしまった。

そしてその人物――娘のロニカは、今ここでナーナルと共に自分の前にいる。

商会が大きくなり、ローマリア三大商会とまで呼ばれるようになってから、ゼントが守りに入っていたのは事実だ。その結果が、今に繋がってしまっている。

そのことを、娘たちから知らされることになるとは思ってもみなかった。

「……本当に……可能だと？」

「それこそ、やってみなければ分かりません」

「っ、おいおい、そんな適当な返事で大人を動かせると思っているのか」

ゼントは我慢できずに笑う。

ナーナルが言っていることは、めちゃくちゃだ。理想論にも程がある。

何度でも言うが、これはナーナルが喫茶店を開くよりも無謀(むぼう)な、夢物語なのだ。

「今、城下町は招待祭の最中です。この祭りを隠れ蓑(みの)に賛同する方々を集め、アルドアの代表者が姿を見せるときを狙いましょう。そうすれば、カロック商会も強く出ることはできないはずです」

「く、国を巻き込むつもりか⁉」

だが同時に、恐れを知らない子供だからこそ、思い付くこともある。

物怖じしない度胸がある。

手を貸してほしいと口にする勇気がある。

その思いを信じてついて来る仲間が傍に居る。

「……は、ははっ、いやはや……困ったものだな……」

だからだろうか、ナーナルの言葉に力を感じる。

ゼントは深いため息を吐いた。

「断る」

そして、あっさりと言い捨てる。

さらにもう一言、

「力を貸すことはできない。だから代わりに、力を貸してほしい」

と、ゼントは告げた。

「こんな大それた企みをして、もし失敗したら、首謀者であるきみの罪は重くなるだろう。それを黙って見過ごすわけにはいかないな」

「つまり、親父が代わりになるってことか」

ここでロニカが口を挟む。

ゼントは、ロニカを見つめた。

「ロニカ、これはハイリスクだがハイリターンな商売だ。このまま沈むぐらいなら、賭けに出るのも悪くない。違うか？」

「馬鹿……遅えよ」

もし計画が失敗に終われば、ルベニカ商会はクノイル商会と同じ末路を辿るだろう。そしてゼントは、招待祭を台無しにした咎を問われることになる。

けれども、ここで勝負をせずにどこで戦うというのか。

朽ちゆくだけの人生を黙って受け入れるのは、もう止めだ。

「ナーナル……この計画が成功した場合の見返りは、喫茶店を開くための開業資金の提供と、カロック商会が持つ商材の一部……そうだな、過去にクノイル商会が商材としていたものすべてでどうだろう？」

「十分です」

「は……ははっ、ならば私は、ここに宣言しよう！」

ナーナルの目を、その姿を、その熱い想いを真っ直ぐに見据えて、ゼントは声を張り上げる。

「ゼント・ルベニカ、並びにルベニカ商会の全商会員は、ナーナル及び、エレン・クノイルの協力を得て、カロック商会を必ずや倒してみせよう!!」

この日、かつてのローマリア三大商会の二つが手を組むことになる。

一つは、ゼント率いるルベニカ商会。

そしてもう一つは、十年前になくなったはずのクノイル商会。

二つの商会が目指すのは、ただ一つ。

ティリス率いるカロック商会を引きずり下ろすのだ。

ルベニカ商会と手を組んだ日から、ナーナルとエレンは屋台と露店に一軒ずつ足を運び、挨拶回りをすることにした。これには相当な時間と労力がかかる。

招待祭の期間中、城下町には国内外の行商人が集う。

北部地区だけを見ても、お店の数は百を超えている。残る地区も合わせれば、すべてを回る前に招待祭の幕が下りてしまうだろう。

それに加え、二人が挨拶をして回ったあとで城下町に到着し、お店を開く商人もいる。つまり、正確な数を把握することは実質不可能ということだ。

しかし、仲間になり得る者は一人でも多い方がいい。だから二人は行動し続けなければならない。

二人とは別に、ルベニカ商会にも手分けして動いてもらっている。それでも時間の許す限り、ナーナルは自分の足で回り、自分の言葉で語りかけ、ここで商売する者やしたい者、現状に不満を持つ者たちの心を動かすつもりでいた。

話をした結果、ナーナルたちの計画に反対する者もいるだろう。そしていずれはカロック商会の耳にも入るはずだ。

それまでにどの程度の猶予があるのかは定かでない。しかし、仮にこの運動を物語として綴るのであれば、そこまでは序章に過ぎず、その先が本編となる。

そしてナーナルは、本編に辿り着くまでに、とある作戦を実行に移すつもりでいた。

とはいえ、ナーナルはやはりナーナルだ。

北部地区の街路をしばらく歩いたかと思えば、ふと足を止める。

「エレン。魅力的なお店が多すぎて、時間がいくらあっても足りないわ」

仮面を付けたナーナルが、招待祭で賑わう人たちに紛れて話しかける。

隣を歩くのは、同じく仮面付きの帽子を被ったエレンだ。

「私も同感です。しかしこのままのペースでは、計画に支障が出るかもしれません」

「ええ、そうよね……分かっているわ」

本当であれば、もっとじっくりお店を見たいと思っている。けれども今は優先すべきことがあるので、自分の欲は我慢しなければならない。

「さあ、気を取り直して挨拶に行きましょう」

名残惜し気に言われたエレンは苦笑しつつ、服の内ポケットから手帳を取り出す。

今日一日で北部地区のお店のすべてを回りたいが、進捗はあまり芳しくない。しかし、だからといって一つのお店にかける時間を削っては意味がない。

こちら側の目的と、味方についたときの利点と欠点、そして何をすればいいのかについて、一から説明して理解してもらう必要があるからだ。

その点、ナーナルは時間をたっぷりとかけるのが難点ではあるが、結果は上々であった。

理由はナーナルの人柄だ。

そのお店の商品を実際に手に取り、店主と会話をして、お客として懐に入る。

さらに、将来はこの町で喫茶店を開きたいからと、お店を経営する上でのアドバイスを欲しがり、後輩としてお願いする状況を生み出す。

そして最後に語るのが、現状への不満だ。

その話に店主が乗ってきたところでナーナルは本題に入る。

わたしたちと一緒に、カロック商会とやり合わないかと。

この会話の一連の流れは、エレンが考えたものだ。

けれどもそれを実際に行動に移すのはナーナルの役目だった。

元々は、クノイル商会の生き残りであるエレンがやるつもりだったが、ナーナルがそれを止めた。

エレンが誘うよりも、ナーナルが夢を語り、乗ってくれるのを待った方がいいと考えたのだ。

そしてそれ以上に、仲間が増えた段階で初めて、エレンがクノイル商会の生き残りであることを公表した方が、より効果的だと考えた。

ナーナルを見つめ、エレンは頬を緩める。

主を助けるために王都から連れ出したのに、今ではあべこべだ。

それが情けなくもあり、けれども嬉しくてたまらなかった。

「……ナーナル様、一度休憩しましょう。その方が効率がいいかと」

「そう？　わたしはまだまだ元気だけれど、エレンがそう言うのなら仕方ないわね」

「はい。丁度あちらに果実水の屋台がございますので、いかがでしょうか」

「果実水？　それ、凄くいいと思うわ。すぐに行きましょう」

エレンはナーナルの手を引いて、お店に向かう。

あくまで足休めで、のんびりしている暇はない。

しかし、張り切りすぎるきらいがあるナーナルはちゃんと休ませなければならないし、エレンのやる気にも繋がるのだから、この時間は必要だ。

「紅茶や珈琲だけでなくて、果実水もメニューに入れたいのよね」

「覚えることが山ほどありますね」

「うっ、そうね……それにまずは目玉焼きを綺麗に作れるようになりたいわ」

「それはもう問題ないでしょう」

「えっ、そう？　本当に……？」

二人分の果実水を注文し、待つ間に言葉を交わす。

今より少しだけ未来の話だが、それが叶うか否かは二人の手にかかっているのだ。

「……それにしても、一見ばらばらの店なのに、まとめ役がいるというのは面白いわね」

商人たちと話をすることで、一つ分かったことがある。

屋台や露店には、まとめ役がいるということだ。それも一人ではない。商人の一団、つまり行商隊単位なのだ。

流れの商人や家族経営の者たちも大勢いるが、そのほとんどが同地区のまとめ役を任された者に頼み込み、共に出店を申請し、登録を済ませている。

なぜならば、個々でするよりも団体の方が安く済むからだ。

登録先はもちろん、カロック商会である。国の中心である城下町は辺境のレイストラほど緩くはなく、定期的に巡回を行っているらしい。未登録の屋台や露店を見つけると、高額の罰金を支払わせ、さらには町から締め出してしまう。

その際、罰金を多めに支払えば見逃してくれるといった話もあるそうだが、袖(そで)の下を渡すくらいならば、初めから出店申請を行うし、何なら傘下にだって入るだろう。

それが嫌で、そして揉(も)めても一銭の得にもならないと理解しているから、城下町に足を運ぶ商人たちは合同で出店申請を行う。

招待祭の期間中は、平時よりも支払う額が多くなるが、たとえそうだとしても出店する利点の方が大きく、商人たちは渋々従っているのが現状だという。

行く先々で話を聞くことで、二人は商人たちの込み入った事情を知ることができた。

そしてナーナルは、一つ相談をする。

「エレン、このあとのことなのだけれど……お店を一つ一つ回って挨拶するよりも、まとめ役の方と話をした方がいいと思う？」

まとめ役を説得できれば、その許(もと)で出店申請を行った商人たちをまとめて引き込むことも不可能ではない。

そうすれば時間の短縮に繋がり、効率的だろう。

しかしその方法では、今までのように一人一人の顔を見て言葉を交わすことはできなくなる。

故にナーナルは悩んだが、エレンは優しく答えた。

「おや、ナーナル様らしくもないですね？　その方法ですと、私たちのことを知らないままの方が増えてしまいますよ」

このペースでは計画に支障が出ると言ったから、ナーナルは焦っているのだろう。

だからエレンは、ナーナルの自信が揺らがないようにと語りかける。

「私はやはり、ナーナル様が直接お相手の顔を見て、ご自身の言葉でお伝えする方法が一番かと思います。時間に限りがあるのは事実ですが、それを省いては納得してもらえない。ですよね？」

まとめ役とのみ話すというのは確かに手段としては悪くないのだが、同時にほころびも生まれるだろう。まとめ役と話を付けたからといって、他の商人たちも賛同してくれるわけではない。一人一人、考えていることは違うのだ。

それにいずれ、商人たちと話をする過程でまとめ役とも顔を合わせるときがくるはずだ。

きっとそのときも、ナーナルは役柄に関係なく、一人の商人として接するつもりだろう。

それがナーナルのやり方なのだ。

「……本当にいいのね」

「たとえ時間切れになったとしても、一度燃え上がったら、そう易々とは消えないものです」

だから、案ずる必要はない。

エレンがそう言うと、ナーナルは笑った。

「ふふ、エレンが居てくれて心強いわ」

果実水を飲み終えた二人は、店主に声をかける。

話す内容は既に決まっているが、これは流れ作業ではない。新たに顔を合わせる度に、その相手個人に向けて語りかけているのだ。

だがナーナルとエレンは、この行為に意識を向けすぎていた。

「――その話、詳しく聞かせてもらえるかのう」

背後から声をかけられ、二人は振り返る。どうやら店主と話すところを聞かれていたようだ。

ひょうきんな造りの仮面を付けた人物が、そこにいた。声からして、老齢の男だろう。

エレンは、ナーナルの前に出る。

その様子を見た男は、白い歯を見せて己の仮面に手をかけた。

「ううむ、これは失礼じゃった。言葉を交わすというのに、仮面を付けたままでは信用を得ることはできんよのう」

そう言って、男は仮面を外し、二人に素顔を晒す。

瞬間、エレンは信じられないものでも見るかのような表情を浮かべた。

「……なぜ、貴方がここに？」

エレンが言い、ナーナルが視線を戻す。どうやら顔見知りのようだ。

「なぜじゃと？　仮面を付けておるのだから分かると思うがのう、エレン？」

この男はエレンのことを知っている。

「……招待祭、ですか」

「そう、正解じゃ。こう見えても忙しい身なんじゃが、この時期だけは我慢できなくてのう。ついつい城を抜け出してしまったわけじゃが……あとでこっぴどく怒られるじゃろう」

「……エレン、この御方はお知り合いなの？」

「いえ、知り合いではございませんが……この国に住んでいる者で知らない者はいないでしょう」

ナーナルに答えて、エレンは目を細める。そして口を開いた。

「この方は、この国の……ローマリア皇国の皇帝……デイル・タスピール様になります」

また一つ、波が立つ。

その波は確かに、二人を飲み込もうとしていた。

◇

その日の夜。

ナーナルたちは夕食用の食材を購入し、家路に就いた。カロック商会の手の者と遭遇することもなく、無事に家に辿り着くと、玄関先にロニカの姿があった。

今日の予定を終え、一足先に戻ってきたのだろう。

「遅いぞ」

「想定外の事態が起きたものでな」

「なに？　まさか早速ヘマをやらかしたんじゃないだろうな」

「ほら、二人とも喧嘩しないで。詳しくは中で話しましょう」

丸一日かけて屋台と露店に足を運び、勧誘をし続けていたのだ。

ナーナルとは手法が違えども、ロニカも疲れが溜まっていた。

勧誘相手の屋台や露店の商人たちは国外組が多いのだが、そのほとんどが顔見知りであり、ロニカとは昔から親交がある。

ルベニカ商会の商長の娘なのだから当然だが、それ故に、信頼関係を壊すことなく味方になってもらうために、慎重に行動していた。

だからだろう。その顔にははっきりと疲れが見えていた。

また、仮面で隠しているが、さすがのエレンも体力を消耗し、精神を擦り減らしていた。城下町のどこに自分の顔を知っている者がいるかも分からない状況なのだ、無理もない。

十年振りとはいえ、仮面を外して素顔を見せれば気付く者もいるだろう。それどころか、仮面を外さずともエレンの正体に気付く者さえいた。デイル・タスピールだ。

デイルは二人の話を耳にし、エレンの顔を見ただけで、それがクノイル商会の一人息子だと見抜いてしまった。

元商人で、一度見た顔を忘れないからだと言っていたが、それにしてもまさかこんなにあっさりとエレンを知る者に見つかるとは思ってもみなかった。

「はぁ……こんなに疲れたのは久々だ」

ソファに腰かけ、ロニカは深く息を吐く。

しかしすぐに口の端を上げ、楽しそうな表情を浮かべてみせた。

「……だが不思議と、充足感に満たされてる」

クノイル商会がなくなって以降、ロニカは己の仕事に満足したことがなかった。

どんなに大きな仕事をこなしても、何かが足りず、十分に満足することができないでいた。

しかし今、胸にぽっかりと空いていた穴が確かに埋められている。

これは間違いなく、ナーナルが原因だ。

無謀ともいえる計画を耳にしてからというもの、ロニカは彼女に影響されている。

「奇遇ね、わたしも同じ気持ちよ」

仮面を取ったナーナルは椅子に座り、エレンが淹れた紅茶に口を付ける。

その一つ一つの仕草を見て、ロニカは首を横に振り、肩を竦めた。

「お前のやってることは元貴族の娘とは思えんことばかりだ」

「あらそう？　だとすれば、外の世界に順応してきたのかもしれないわね」

「……一応言っておくが、貶してるわけじゃないからな」

貴族としての作法や振る舞い方は、幼い頃から叩き込まれている。誰の前であろうとも、貴族らしく振舞う自信がナーナルにはあった。

たとえ疲れていても、紅茶を嗜む仕草や姿勢に隙は見せない。それは同性のロニカでさえ見惚れてしまうほど、綺麗に流れるような動きであった。

だからこそ、ロニカは肩を竦めるのだ。

たおやかそうなこの女性が、この町の、この国の、そして国外の商人たちの心を動かし、革命を起こそうとしているのだから。

人伝手に聞いた話だったなら、ロニカは鼻で笑って席を立つだろう。

なにせ実際に初めてこの話を聞いたとき、ロニカは目だけでなく耳を疑った。

しかしなぜだろうか、昔から一目置いていたエレンが魅了されるほどの何かを、ナーナルは持っている。そして認めたくはなかったが、ロニカ自身もナーナルに惹かれ始めていた。

自分にはできなかったことを形にし、実現するために行動する、そんな強い意志をナーナルは持っているのだ。

「俺が知る貴族ってのは、どいつもこいつも地位と名誉ばかりを鼻にかけたろくでもない連中ばかりだったからな……お前みたいなやつに出会ったのは、これが初めてだ」

「ええと……褒め言葉なのよね？　喜んで受け取っておくわ」

「ああ。だがな、これだけは言っておく。その言葉遣いはさっさとやめろ。この町で喫茶店を開くようなやつが、いつまでもそんな口調で話すな。もっと俺みたいになれ」

「お前みたいになられたら困るから断る」

「エレン。お前には言ってないんだよ、この間抜けが」

「ロニカ、やはりお前とは一度話し合った方がよさそうだな」

「お？　やるか？　喧嘩なら買うぞ？」

「はいはい、二人ともそこまでにしてちょうだい」

やれやれ、とナーナルは息を吐く。

けれども、この空間は落ち着く。ずっと住んでいたナイデン家よりも……

それはきっと、自分の前にいる二人が、心から信頼できる仲間だからだろう。

そう思うと、ナーナルは自然と笑みがこぼれていた。

「それで、想定外の事態ってのは何なんだ？」

「デイルに見つかった」

勧誘初日、二人の声かけはなかなか上々の出来だった。

北部地区を任されたナーナルとエレンは、屋台と露店のおよそ三割に足を運び、声をかけた。

そしてそのほとんどが二人の計画に賛同すると言ってくれた。

ナーナルの勧誘方法が優れていたのは事実だが、理由はそれだけではない。

ナーナルが思っていた通り、元々カロック商会を良く思わない商人は多かったのだ。そこにナーナルのような者が現れ、さらにはルベニカ商会が後ろに付いているとなれば、反対する理由はない。

その一方、ロニカ率いるルベニカ商会は、二手に分かれて西部地区と東部地区を担当した。

ナーナルほどではなかったが、こちらもロニカが直々に顔を見せることで、良い反応を得ることができていた。

決行日までに残された時間は少ないが、初日の勧誘速度は悪くない。この調子でいけば、全地区の商人に声をかけられるだろう。

だから今考えるべきは、デイル・タスピールについてだ。

「は？　あのタヌキジジイにバレたのか？」

「ああ。あっさりとな」

エレンの返事を聞いて、ロニカは脱力する。

「ってことはだ、この計画は失敗ってわけだな？」

デイルは、カロック商会派の人間だ。

クノイル商会が襲撃に遭ったあと、残された商材をどうすべきか判断を迫られ、そのすべての権利をカロック商会のものとすることを承認した。まだ、エレンが生きているにもかかわらずだ。

つまるところ、デイルはカロック商会が国を牛耳っている今の状況を許容しているのだ。

この件があったから、ゼントはエレンを隣国に逃がすことを決断した。

デイルとカロック商会が裏では深い関係にあると推測し、このままローマリアに居てはエレンの身が危ないと案じたのだ。

「ううん。実はそうでもないのよね」

だが、ナーナルが首を横に振る。

これはデイルの口から聞いた話であって、真偽は定かではない。それでも一考の余地があると思い、二人はロニカに相談することを決めた。

あのときデイルは、忙しい中、仮面を付けてまで招待祭の様子を見に来たのは、単に祭りが好きだからではないのだと言った。

クノイル商会がなくなり、その商材を任せてから、カロック商会は勢力を一気に拡大した。自分が間違えたと気付くのに、そう長くはかからなかったという。

たった一年の間に、この国は姿を変えてしまったのだ。

己が一人で築き上げた商人の国は、デイルの自慢だ。しかしながら、現在この国を実質的に支配しているのは、皇帝ではなく、カロック商会である。

力を付けすぎたカロック商会を制することは、たとえ一国の皇帝であろうとも難しい。

しかし、もはや後戻りすることは叶わず、見て見ぬふりを続けることしかできなかった。

では、他国の人間ならばどうだろうか。

自国民や、商い（あきな）に訪れた外の商人たちは、カロック商会に逆らうことができないかもしれない。

だが、他国の、それも相応の地位を持つ者の手を借りることができたならば、カロック商会を追いやることも可能なのではないかと考えた。

だから五年前、デイルは招待祭を開いた。

表面上は友好関係にあるアルドア王国の代表を招き入れ、この国の有り様を目にしてもらうのが目的だ。と同時に、カロック商会を排除するために協力を求めようとした。

アルドアにとっても、決して悪い取引ではない。

遅すぎたとしても、今ここで手を打たなければならないだろうと、デイルは決断した。

しかし残念ながら、アルドアはローマリアの問題に手を貸そうとはしなかった。むしろローマリアが崩壊（ほうかい）した方が自国にとって良いと判断したのだろう。

所詮は、元商人が興した成り上がりの新興国。はなから相手になどしていなかったのだ。

そしてそれは、アルドアで開かれる招待祭にも形として表れていた。

ローマリアでは国を挙げての一大行事として盛り上げているが、アルドアでは一部の者以外、その存在すら知らないほど小規模にしか行われないのである。

その結果、何も変えることができず、さらに五年が過ぎ、今年も招待祭の時期が訪れた。

この国は、このままゆっくりと衰退していく。

そしていずれは、クノイル商会のように消えてしまうのかもしれない。

それを許したのはデイル自身であり、自業自得としか言いようがない。

そう、デイルは結局、今も昔も傍観者のままだった。

しかし、流れは突然変わるものだ。

現実逃避するかのようにお忍びで招待祭を見て回っていると、果実水を売る屋台の前で面白い話を耳にした。

夢を語るのは嫌いではない。

かつては商人として、いかに利益を得るかを常に考えていた。

その先にあったのは、自分の理想の国を作るという無謀すぎる夢だったわけだが、結果的には現実のものとすることができた。

だからこそデイルは立ち止まり、彼女の語る夢に聞き入ってしまった。

恐らくは、良いところの出なのだろう。姿勢や服の着こなし方などを注意深く観察すればわかる。

そして、その女性の隣に佇み、周囲に目を向ける人物の姿を見て、デイルは思わず目を見開いた。

見間違いか……否、あれは間違いなくエレン・クノイルだ。

仮面を付けているが、直感がそう告げている。

しかしなぜ、ここにいる？

エレンはあのとき、消息を絶ったはずだ。

今更、何の目的があってローマリアに戻ってきたのか。

無論、答えは一つだ。

エレンと言葉を交わす女性。

この女性のためなのだろう。

己の記憶を頼りに探してみても、どこの誰かは分からない。だが恐らく、エレンは彼女が語る夢と野望に、心を動かされたに違いない。

今に至るまで、デイルは随分と待った気がするし、既に諦めてもいた。

一国の皇帝となったからこそ、現状を打破できる者などいないと、夢物語だと思い込んでいた。

だが、己の視界の端で楽しそうに夢を語る女性を見つけたデイルは感じ取る。

――今が、その時なのかもしれない、と。

ならば早い方がいい。

商人は時間が命なのだ。二人の話が終わるまで、黙って待つつもりはない。

くつくつと喉を鳴らし、エレンに気付かれないように、そっと周囲に溶け込む。

そして邪魔が入らない瞬間を見計らい、デイルは声をかけることにしたのだった。

これが、二人がデイルと話した顛末だ。

「デイルから興味深い話を聞いた。バリストロ公爵とティリスについてだ」

「バリストロ……っていうと、あいつが身の回りの世話係に扱き使ってる野郎のことか」

「世話係……？　いや、バリストロ公爵は既に死んだと聞いたが」

「ああ違う違う。そっちはジジイの方で、俺が言ってるのは息子のトルストってやつだ」

「……つまりティリスは、バリストロ公爵の息子を雇っているのか？」

「なんだ、それが何か問題か？」

眉をひそめるロニカを前に、エレンが言葉を返す。

「デイルから聞いた話が確かならば、ティリスはバリストロ公爵と手を組んだつもりが、逆に利用されていたらしい」

「公爵に利用された……？　おいおい、それはどういうことだよ？」

ティリスがクノイル商会の襲撃に関与していたことは、エレン自身もほぼ確信していた。しかし実際に耳にすると、高ぶった気持ちを抑えることが難しくなる。

「大丈夫よ、エレン」

「……ありがとうございます」

ナーナルに手を握られ、エレンは呼吸を落ち着かせる。

そして、デイルから聞いた話をできる限り詳しく話すことにした。

◇

ナーナルとエレンがローマリアに来て、あっという間に半月が過ぎた。その間、二人はルベニカ商会と手を組むことで、全地区の屋台と露店に話を持ちかけることに成功した。

手を貸してくれる者にはそのあとも度々会って、計画の内容を話し合った。話に乗るべきか否か頭を悩ませる者の許にもナーナルは積極的に足を運び、言葉を交わし続けた。

次第に、関係者が増えていく。

ナーナルの存在を知る者が増えるにつれ、意見を変える者も出てきた。それがきっかけでティリスに話が伝わり、船上以来の再会を果たしたとしても、何ら不思議ではない。

実際のところ、ナーナルは賛同することを強制はしなかったし、途中で抜ける者を引き留めもしなかった。あくまで己の意思で決断してほしかったからだ。

だから、今ティリスと対峙していることに驚きはない。むしろ遅すぎたと感じるほどだ。

とっくに受けて立つ準備はできていた。

「わわっ、ナーナルさん!? こんなところで奇遇ですね! ローマリアにいらしていたとは思いませんでしたよ! あっ、お連れの方もお久しぶりです!」

ティリスは、ナーナルが商人たちを扇動し、カロック商会とやり合う腹積もりであることを知っている。それでもあえて知らない振りをして、船上と同じ接し方をしてきた。

だとしたら、自分は彼女の矛盾を突くべきだろう。

だからナーナルは微笑んだ。

「おかしいわね？　わたし、貴女の前では一度も名乗っていないはずなのだけれど、なぜわたしの名前を知っているのかしら」

「え？　ああ！　お連れの方がお呼びしているのをたまたま耳にしまして、忘れないようにと記憶しておきました！」

「ふうん？　それは妙な話ね。わたしの執事がそんなミスを犯すはずはないもの。そうでしょう？」

「もちろんでございます、お嬢様」

「だそうだけれど……貴女、本当に耳にしたの？」

「はい！　わたくしは生まれてこの方一度も嘘(うそ)を吐いたことがないのが取り柄ですので！」

「ふふ、そうなの……だとすれば、今日が初めてということになるわね？」

「またまたご冗談を！」

居合わせたロニカは、その会話劇に引いていた。

「こいつら全員、やばいな……」

互いに腹の中を知っていながら、探りをれ合い牽制(けんせい)し合い口撃(こうげき)し合い、エレンを含め、笑みを絶やさない。全員、一歩も引く気がない。

エレンとティリスだけなら、まあまだ理解できる。仮にも幼なじみだからだ。

しかしナーナルは違う。

言葉を交わせば、育ちがいいことはすぐ分かる。夢を語る姿には心を動かされもした。

その背中について行くのではなく、隣に立って、共に歩んでいきたいと思った。

だが、ここにいるナーナルは明らかに別人だ。これまで一度も見せなかった炎のような怒りを、あのティリスを相手に、臆すことなくぶつけている。

「あっ、ところで皆さん今ってお時間ありますか？　もしよろしければわたくしの家に遊びに来てください！　家族総出で、全力でもてなしますよ！」

「あら、それはとても素敵な提案ね？　でも残念。今はまだ、その時期ではないの」

「そうなんですか？　そんなに怯えなくてもいいんですよ？」

「それを言うなら、貴女の方こそ足元は大丈夫？」

「足元……？」

「ええ、だってそうでしょう？　偽りの十年で積み上げてきたものが、余所者のお節介のせいで崩れるかもしれないのだもの。……不安よね？　その気持ち、わたしにもよく分かるわ」

「分かるわけねえだろ‼」

ティリスが叫ぶ。突然に、感情を剝き出しにして。

冷えきった応酬を遠巻きに見ていた人々は、爆発したような感情の発露に、一斉に息を呑む。

しかしながら、ナーナルは怯まない。

二人の間にエレンが身を割り込ませるが、手で制して一歩前へ出る。

「いいえ、分かるの。確かに全く同じ体験ではないけれど、わたしも一度、心を絶望に支配されたことがあるもの」

「はっ？　あんたにあたしの何が分かるって？　んなもん、分かるわけがねえんだよ！　あたしの考えてることはあたしにしか分かんねえし、知ってもらうつもりもねえ！　だってあたしのことを理解できんのはあたししかいねえんだからよ!!」

「……そう。貴女の傍には、信頼できる人が居なかったのね」

「あんた……あたしを哀れむつもりか？　ふざけやがって……ッ」

今すぐに潰してしまえばいい。

この顔をぐちゃぐちゃにすることぐらい、造作もないことだ。

でも駄目だ。この挑発にそういう方法で応えるのは、カロック商会の沽券（こけん）にかかわる。

真正面から迎え撃ち、全力で叩き潰すべきだ。

そうすればこの女も理解するはずだ。この世がいかに不条理な世界かということを。

そして完全に屈服したところで潰せばいい。

それが実現したら、エレンとロニカも同じように絶望するはずだ。

心を落ち着かせるため、ティリスは深呼吸をする。

「うーん……悲しいですけど、仕方ないですね！　ナーナルさんの喜ぶお顔や声を堪能（たんのう）するのは、次の機会まで我慢することにします！」

「ええ、そうしてちょうだい。そのときはきっと、万全の状態でお邪魔できると思うわ。お互い楽しみましょうね」

「はい、もちろんです！　やるからには全力で！　では、わたくしはこの辺で失礼します！」

そう言って、ティリスが背を向け、離れていく。

その姿をしばらく見送ったあと、堪らずロニカがため息を吐いた。

と同時に、そこら中から歓声が上がる。一連のやり取りを見ていた商人たちだ。

「お嬢ちゃん、言うねえ！」「口だけかと思ってたけど、今ので確信したよ、俺はあんたについてくぜ！」「おい見たか？　あの副商長が尻尾巻いて逃げやがったぜ！」「バカ！　あれはやり合う意思を確認しただけだっての！　でも副商長相手にビビらず言い合うなんてすげえわ！」「マジでカッコいいっす！　惚れてもいいですか！」

「却下する」

エレンが何事かを呟くが、喧騒に飲まれてよく聞こえなかった。

「……ったく、今年の招待祭は波乱続きだな」

僅か数分の間に、どっと疲れた。

だが代わりに、流れを掴んだことは間違いない。

この集団の中心人物であるナーナルを見て、ロニカは思わず笑いがこぼれた。

◇

ティリスとの応酬を終えたあと、ナーナルとエレンは一旦家に戻ることにした。

ことが公になった以上、今まで通りティリスやカロック商会の目を気にする必要はないだろう。

油断は禁物だが、相手の出方もそれなりに予想が付く。

「……ねえ、エレン？　さっきのわたし、上手に言えていたかしら？」

ソファに腰かけたナーナルは、自分が上手くやれたか、エレンに問いかける。

エレンは力強く頷いた。

「ご安心ください。ロニカが目を丸くするほど輝いていましたよ」

ティリスと言い合うナーナルの姿は、実に印象的であった。それに加え、ティリスの本性を表に出すこともできた。ここまで来れば、あとは直接対決で決着をつけるのみ。

「そう、それならいいのだけれど……」

と言いつつも、ナーナルの表情は浮かない。

カロック商会との対決を前に落ち着かないのもあるのだろうが、それよりもティリスのことが気になっていた。

この国の商人たちや、ルベニカ商会、そしてエレンの思いを背に、闘う覚悟はもちろんある。

だが同時に、ティリスには別の道があったのではないかと思う。

ナーナルはティリスを哀れむつもりなど毛頭ない。

クノイル商会への仕打ちを忘れたとは言わせない。

それでもやはり、どうにかできないかと思ってしまう。

モモルに対してもそうだったように、己の甘さを自覚していた。

ナーナルとティリスとの違いは、決断を迫られたときに、背中を任せられる人が居たかどうか……きっとただ、それだけなのだ。

あのとき、ナーナルには手を差し伸べてくれる人がいた。だからティリスと同じ道を歩むことはなかった。だが、それが甘さに繋がっている。

これから先、自分一人で決断しなくてはならないときが来たら?

そう思うと、ナーナルは堪らなく不安になる。

「……エレン、隣に座って」

だからお願いする。

この揺らぐ心を落ち着かせるために。

「いかがいたしましたか」

「少し眠りたいの」

「でしたらベッドに……」

言葉を遮り、ナーナルはソファの上で横になる。エレンに膝枕をしてもらう形で。

「だからお願い。目が覚めるまで……このままで居させて」

心を整えるために、今だけは甘えたい。

そしてエレンの温もりを感じていたかった。

「……ナーナル様は、甘えん坊ですね」

「そうよ。知らなかったの?」

「知っています」

微笑み、エレンはナーナルの頭を優しく撫でる。

それはとても心地よく、同時にくすぐったかった。だからそのお返しに、ナーナルはエレンの膝を指でなぞり、文字を書く。

すると今度は、エレンがナーナルの手を取り、その甲に同じように文字を書いた。

「……おやすみなさい、エレン」

「おやすみなさいませ、ナーナル様」

一段落したら、今度はちゃんと口に出して伝えよう。

そう考えたあと、ナーナルはゆっくりと眠りに落ちていった。

「……」

そんな主の姿を瞳に映しながら、エレンは思考を巡らせる。

カロック商会と闘うために、何が必要なのか。

「……他に道はない……か」

エレンからは言いたくない。

だが、伝えなければ作戦に支障が出る。

これ以上隠し通すことはできない。

利用できるものは何であろうとも利用するべきだ。

そう、たとえそれが一国の王子であっても……

◇

「チッ、あんの役立たず！　手を貸すことはできないって、何様のつもりよ‼」

ナーナルがエレンに膝枕をしてもらっている頃、ティリスは皇城にいた。

デイルと謁見し、不穏分子が居ることを伝え、カロック商会への協力を要請するためだ。

この国の皇帝と手を組み、ナーナルとエレンを迎え撃ち、返り討ちにすれば、結果的にルベニカ商会を手中に収めることになる。

そうなれば、この国のすべての商いは思うがままだ。

そのあとは、ゆっくりと時間をかけてデイルを引きずり下ろし、成り代わってしまえばいい。

国内のほとんどの貴族と交友があるカロック商会は、優遇して金銭を貸し付け、返せないところまで追い込むことで、彼らを従えていた。

裏切ったり逆らったりする者が出たら、見せしめに堂々と粛清する。次はお前がこうなるかもしれないと伝える手段として最適だからだ。

それに加えて、この国の土地と建物に関する商売の権利は、カロック商会が独占している。

もはや形だけの皇帝よりも、自分が率いるカロック商会の方が、よっぽどこの国を支配し、まとめ上げている。数字に残る成果も出している。だから誰にも文句は言わせない。

そう思っていた。しかし、デイルはティリスと手を組むことを拒んだ。このときティリスは、デイルが既にナーナル側の人間だということに気付いた。

つまり次の粛清の対象は、ナーナルとエレン、ルベニカ商会、デイルを含むこの国そのものということだ。

ここまで来たら、乗っ取りが遅いか早いかの違いだ。構うことはない。

「ホントに、どいつもこいつも好き勝手動いてイライラするわね」

デイルは、エレンがこの国に戻ってくることを知っていたのだろうか。

商人を扇動し、招待祭に合わせて事を起こすことは、前々から計画していたのだろうか。

カロック商会に、本当に勝てると思っているのだろうか。

気が付けば、ティリスはコケにされていた。

このままでいいはずがない。

ケジメはしっかりと付けさせる。それがカロック商会のやり方だ。

「トルスト、アレを用意して」

「アレですか……？　しかしお嬢、親父殿に知られたら……」

「いいから！」

有無を言わさぬ口調に、トルストは怯んだ。

年老いた父に従う義理はない。

カロック商会をここまで大きくしたのは、自分の力だ。

招待祭の期間中だろうが、関係ない。

デイルとアルドア国の代表者の前でアレを使えば、この国の信用は地に落ちる。

間抜けな商人もろとも潰してしまえばいい。

そして最後に美味しくいただくのは、このあたしだ。

「あいつらの顔が絶望に歪むところを、ちゃーんと見てあげないとね」

ティリスは息巻く。

歪んだ笑みを浮かべて……

その日も、ティリスは夢を見る。

ただの夢ではなくて、忘れた頃に思い出す幼い自分の悪夢だ。

十年前、ローマリア三大商会は下手な貴族よりも金を持っていた。国内に限っていえば地位も高く、それこそ貴族たちが挨拶をするために商会を訪れるほどである。

とはいえ、所詮は商人だ。

皇帝が元商人だからといって、他の商人までもが貴族と対等に振る舞えるわけではない。

故に、商人が貴族階級や、その暮らし振りに憧れを抱いたとしても不思議ではなかった。

たとえば、カロック商会の一人娘のティリスがそうだった。

ローマリア三大商会の子供たちは、それぞれ違った性格の持ち主だった。

エレンは堅物で、ロニカは負けん気が強く、ティリスは自慢したがりだった。

ティリスはエレンのことが気になっていたが、二人の話についていけずに疎外感を覚えることがあった。もっと自分を見て欲しくて自慢話をしても、それは親の力であってティリスの力ではないと指摘された。

そんなことは言われなくても分かっている。

そうじゃなくて、こっちを見て欲しいだけ。

ただそれだけなのだ。

ある日、親の力や後ろ盾がなければ無力なのは、エレンとロニカも同じだと叫んだ。すると、だから毎日商売の勉強をしているのだと言い返され、遂にティリスはその場から逃げ出してしまった。

何をやっても、何を言っても、全く上手くいかない。

どうすれば、あの二人に認めてもらえるのか。

どうすれば、エレンは自分だけを見てくれるようになるのか。

ティリスは悩んだ。

悩んで悩んで頭を抱え、自分一人で抱えきれなくなった。

だからその悩みを解決するため、実家が懇意にしている貴族の男性に……ダルバ・バリストロ公爵に話を聞いてもらうことにした。

『その子に認めてもらう方法かい？　それなら簡単さ。その子の居場所がなくなればいいんだ』

『居場所がなくなるって……？』

『いいかい？　居場所っていうのはね、その子を支えるもののことさ。たとえば、その子のご両親、その子のお家、その子に味方する人たち、そんな居場所がたくさんあるから、その子は何不自由なく、勉強できるんだろう？　だったらその環境を壊してしまえばいい。そうすれば、きっときみに助けを求めるようになるだろうよ』

『そ、そんなの無理よ！　そんな酷いこと、あたしにはできっこないわ！』

『だからワシがここに居る。きみの悩みを聞いて、解決してあげるためにね』

『……それ、もしかして……あたしの代わりにやってくれるってこと？』

『ああそうさ。幸いなことに、ワシもあのクノイル商会のことは気に食わなくてねえ。貴族と平民を同列に扱う大馬鹿者の集まりさ』

『そうなんだ……あの、今言ったこと、本当に叶えてくれるの？　もし叶うなら……そうなったら、エレンはあたしを頼ってくれるようになるかな……』

『ああ、きっとそうなるさ。でもね、きみのお願いを叶えるには、きみの協力が必要だ』

『あたしの協力が……？』

『そうそう。まずはクノイル商会の全商会員が確実に集まる日を調べてほしいねえ。それが分かり次第、その日きみにはクノイル商会を訪ねてほしい。そして油断を誘うんだ。その隙に、ワシの私設兵がクノイル商会を取り囲む。そうすれば「誰も」逃げることはできないし、話が漏れる心配もないからね？』

バリストロ公爵は、ニタリと笑う。

その顔を、その表情を、ティリスは未だに忘れることができない。

◇

招待祭が始まって三週間。

ローマリアの国民や商人たち、それに観光客を交えて長らく賑わっていたこの祭りが、遂に山場を迎える。

もう間もなく、アルドアの代表者が到着するとの情報が入ったのだ。

そしてもう一つ。

ナーナル率いるルベニカ商会と、ティリス率いるカロック商会。その全面対決が近づき、城下町は慌ただしさを増していた。

「……それで、やれることはもうやったんだな？」

不意に、ロニカの声が響く。訊ねる相手は言わずもがな。

「ええ、あとは時を待つだけよ」

太陽が昇ってしばらく。

ナーナルとエレンの家には、ルベニカ商会のロニカを筆頭に、屋台や露店のまとめ役の姿があった。

今から数時間後、アルドアの代表者であるアモス王子が城下町に到着する。

その際、デイルが直々に案内役を担い、招待祭を見て回る手筈となっていた。

そこで、ナーナルは商人たちと共に作戦を実行に移す。アモスを案内中のデイルに、現在の商いの環境改善を訴えるのだ。

ローマリアは商人の国だが、現状、自由に商売できなくなっている。それはすべて、カロック商会が原因だ。

傘下に入らず逆らう者は、国内で商売をすることを許されない。たとえ傘下に入ったとしても、上納金を支払わなければならないので、実入りは少ない。

結果として、ローマリアは商人の国であるはずなのに、年々商人の数が減っていた。

この国は、商人にとってのオアシスでなければならない。しかしその恩恵に預かっているのはカロック商会だけであり、利益を独占されているのだ。

だから、ナーナルはそれを破壊する。

アルドアの代表者の前で大勢の商人から直訴されたら、デイルは応えざるをえない。そうしなければ、デイルは面目を失う。

これまでは我が物顔でこの国の商売を仕切っているカロック商会に強く出ることができなかったが、他国にその現状が伝わってしまえば見て見ぬ振りはできない。実際は既にデイルはアルドアにこのことを伝えているのだが、衆人環視の中でというのが重要である。

この作戦は、デイル自身が望んだことでもある。ナーナルとエレンの話を立ち聞きして、カロック商会の一強時代を終わらせたいと言ってきたのだ。

アルドアの代表者の前で、この国をより良い方向へ導く決断を下すことで、デイルは己の評価を持ち直させ、同時にこの国を再復興させる算段であった。

すんなりと事が運ぶとは思わないが、一度カロック反対派に傾いた流れを簡単に戻すことはできないだろう。

「予定だと、アモス王子は南部地区から入って、そのまま中心部……皇城に向かうみたいね」

「じゃあ、そのアモスとやらが町に入ったのを確認し次第、俺たちも皇城前に移動するか」

すぐ移動したら、カロック商会が察するだろう。ギリギリまで待機する必要がある。

ほとんどの商人を味方に付けたとはいえ、国内にはカロック商会傘下の者も多数存在する。

彼等全員が騒ぎ始めたら、混乱は避けられない。

何よりも、大勢に囲まれてしまえばデイルの許(もと)に辿り着くことが困難となる。

「その前に……皆様、わたしから一つよろしいですか」

ナーナルが家の外へ出ようとする面々を引き留めた。

何事かと、ロニカやまとめ役たちが振り返る。

「……恐らく、今日の日の出来事は、物語の始まりにすぎません」

一人一人の顔を見て、ナーナルは語りかける。

「この物語が上手くいくのか……それとも道半ばで止まってしまうのかは、わたしたちにかかっています」

商人の国ローマリア。

この国は、既に死にかけている。

皇帝は形だけの存在へ成り下がり、実質的な支配者はカロック商会である。

この国に昔の姿はない。もはや衰退(すいたい)していくのを待つだけだ。

「新たな一歩を踏み出すには、皆様の協力が必要です」

だがそれは、あくまで物語の序章だ。

今ここに、ようやく物語の主役が姿を現した。

その主役とは、鳥籠(かご)の外を自由に飛び回るナーナルという名の鳥だ。

「だからどうか、わたしたちに力を貸してください！　お願いいたします！」

「当たり前だ！　今更言わせんな！」「嬢ちゃん、俺たちに任せときな！」「安心しな！　おめえのことは全力で守ってやっからよ！」「おうよ！　やっとカロック商会をぶっ倒せるんだからな！」

ナーナルの思いに応えようと、未来を切り開こうと、そこかしこから声が上がる。

隣に並ぶエレンとロニカも同じだ。何も言わなかったが、その思いはナーナルと共にある。

だから、ナーナルは自信をもって宣言する。

「勝ち取りましょう！　わたしたちの手で！　この国の未来を‼」

「「「「「「おう‼」」」」」」

呼応して、全員が声を出す。作戦開始の合図だ。

その先に待ち受けるのはただ一つ、ティリス率いるカロック商会との全面対決のみ。

第九章　ただのナーナル

ナーナルたちが作戦を開始して半時。

ルベニカの商会員たちが、手分けしてカロック商会の動向を見張っていたのだが、ナーナルの許に一報が入った。

南部地区の入口……南門の前に、ティリス率いるカロック商会の面々が姿を現したという。

アルドアとの国境に最も近い位置にあるのが南門だ。例年通り、アルドアの代表者が南門を通ることは分かっていた。

デイルも既に南門の前で待機しており、アモスの到着を今か今かと待ちわびていたのだが、そこにティリスの登場である。

デイルはどちらの味方にも付かないことを表明していたが、ルベニカ商会側に付いたのは明白だ。

だからこそ、デイルとしても面倒な事態となっていた。

アルドアの代表者をもてなすからと、その場から去るように命令することはできる。

しかしながら、はいそうですかと従うカロック商会ではない。

皇帝対、一商会の構図だが、力関係は圧倒的にカロック商会の方が上だからだ。

当初の計画では、アモスが城下の招待祭を見て回り、皇城に到着するのを確認したあと、デイルに直訴する予定だった。

しかしこのままでは、アモスが皇城に辿り着く前の段階でティリスに先を越されてしまう。

デイルとアモスの前でティリスが何をしようとしているのかは定かでないが、ナーナルたちが不利な状況へ追い込まれることは想像するに難くない。

そのため、ナーナルは皇城付近から南門への移動を強いられることとなった。

しばらくすると、護衛を連れたアモスが南門を通って町へ入ってきた。

それを迎えたデイルは、アモスと握手を交わす。

「――デイル・タスピールッ！」

そんな中、ティリスは声も高々に告げる。

「あたしは今！　ここに宣言するわ!!」

ティリスが合図を送ると、カロック商会の者が一斉に姿を現した。

デイルとアモスの護衛たちが身構えるが、そんなことはお構いなしだ。

全部で百を超える革袋を手に、デイルたちの前へ移動すると、同時に中身をぶちまけた。

「これは……金貨か？」

革袋の中身が、地面に散らばった。

それは金貨だ。それも一枚や二枚ではない。この国を丸々一つ買えるほどの膨大な枚数だ。

金貨を一枚拾い上げたティリスは、それをデイルに投げつける。そして続きを口にした。

「あたし、カロック商会副商長ティリス・カロックは、この国――ローマリアにおけるすべての土地の権利を買い取ったことをね!!」

一難去る前に、また一難。

物陰に潜んで見ていたナーナルは、ため息一つで我慢することにした。

「ローマリア皇国皇帝、デイル・タスピール！　この国の財源は既に尽きているわ！　それはこの国が衰退するさまを、何もせずに見ていたあんたの責任よ!!」

クノイル商会がなくなり、カロック商会が商材を手にして以降、ティリスは反抗する者や敵対勢力を徹底的に潰してきた。

早い段階で傘下に付いた者を優遇することで、カロック商会を快く思わない者たちの不安を煽り、裏切らせたりもした。

そしてその中には、皇帝派の人間も多く含まれていた。

その結果、本来は国が得るはずの税をも管理することにも成功し、国内外の金銭の流れを把握するまでになっていた。

「デイル皇帝、今の話は事実なのですか？」

「はて？　……まさか」

ティリスの宣言に困惑し、アモスが訊ねる。

しかしデイルは肩を竦めてはぐらかし、苦笑いを浮かべるだけだ。

「あたしはローマリアに産まれてローマリアで育ったから分かるわ！　あんたのような無能な皇帝がのさばり続けているのを、黙って見ていることなんてできないの！　だからあたしは皇族を全員国外追放する！　そして新たに、このあたしが率いるカロック商会がこの国を……ローマリア皇国を統治してみせる！」

「ティリス・カロック。ぬしは何を言うておるのか、理解しとるのかのう」

「当然でしょ！　あんたをこの国の天辺から引きずり下ろすって言ってんのよ！」

デイルはあくまで冷静に対応するが、ティリスは一歩も引かない。

この十年の間にカロック商会が貯め込んだ金貨の量は、デイルがローマリアを興したときとは比較にならないほど多かった。

ティリスは、その金貨の山を国民や商人たち、それにアルドアの代表者であるアモスの前でぶちまけることで、デイルを皇帝の地位から引きずり下ろす算段であった。

だが、たとえ国を買えるだけの金貨があったとしても、デイルはそれを許すつもりはない。

デイルが何もしなかったことは確かだが、この国が衰退する直接の原因を作ったのは、カロック商会なのだ。

しかし、ティリスは嗤う。

「これを見なさい！　あんたが居座ってる土地の権利書よ！」

皇帝派の人間で、財政に深く関わっている者さえ、裏ではカロック商会と手を組んでいる。

それは金の力によるものだが、ティリスはそれを上手く利用し、デイルに気付かれることなく、皇城の土地の権利書を手にしていた。

「あたしは皇城を買い取った！　だから今日この日から、皇城はカロック商会のものよ‼」

ローマリアは、商人が皇帝となったが故にどこまでも商売人気質の国であった。だからこそ、たとえそれが皇城であろうとも、売買の対象となることに例外はない。

商人にとって商材は命そのものだ。それは土地の権利書も然り。

その管理を、己の手でしなかったこと。

金に目が眩み、皇城の権利書をカロック商会へ売る人物が近しい者の中にいたこと。

なによりも、見て見ぬ振りをし続けてきたデイル自身の怠慢が今、この事態を招いていた。

「つまり、この国にはあんたの居場所はないってわけ！　それが理解できたら、今すぐここから出て行きなさい！　……ああ、もちろん国の皆は安心していいわ！　この無能な皇帝を国外追放したら、カロック商会の私財と、ここにあるすべての金貨を投げ打って、この国を一から立て直してみせるから!!」

一商会が、国の乗っ取りを宣言する。

しかしその物言いは、まるで救世主そのものだ。中には騙される者もいるだろう。

そう、たとえば事情を知らない隣国の代表者とか……

「──国を立て直すために、私財を投げ打つそのお覚悟……感服いたしました」

だが、口を開いたのはアモスではなかった。

「ですが、その話には一つ問題がございます。土地の権利書……つまりは土地を商材として扱うことを許されているのは、カロック商会ではございません」

「……は？」

まさかこの状況で割り込んでくるとは思ってもみなかったのだろう。

ティリスは眉を寄せ、その人物を睨み付ける。

しかしそんな目線を向けられても、彼は動じない。むしろどこか楽しそうだ。

「それはこの私、エレン・クノイルが長を務める、クノイル商会のものだからです」

デイルとティリス、それに加えてアモスの三者が生み出す混乱の渦中に、平然と首を突っ込む者がいた。

それはもちろん、エレン・クノイルだ。

実を言うと、ナーナルとエレンが立てた計画はカロック商会に筒抜けだった。

——否、そうなるように仕向けていた。

果実水を扱う店先でデイルと話したとき、ナーナルたちは有益な情報を得ていた。

それは、屋台や露店のまとめ役の中に、カロック商会派が紛れているということだ。

その人物は、カロック商会の傘下には入らず、けれどもその恩恵を得るために、商人たちの情報を流しているのだという。

数年前からデイルはその存在を認識していたのだが、当時はカロック商会と敵対しているわけではなかったので、様子を見るに留めていた。

そして、エレンはその人物を利用した。

まとめ役の一人として家に招待し、共に力を合わせることを誓った上で、罠にかける。

騙されたまとめ役に、より詳細な計画を話すことで、その人物を経由してカロック商会に情報を与えるように誘導したのだ。

ティリスの耳には、ナーナルやエレン、ロニカといった主要メンバーが、皇城付近で待機するとの情報が入っていたはずだ。

実際に、ナーナルたちは皇城へ向かった……ように見せかけた。

その隙に、ティリスは自ら動く。それこそが、アルドアの代表者の前で金貨をばら撒き、皇城の土地の権利書を掲げるというパフォーマンスだ。

そしてティリスの思い描いた通りに事が運んだところで、エレンが登場したのだ。

今は亡きクノイル商会の、唯一の生き残りとして。

「……クノイル商会？　はぁ？　あんたさ、馬鹿なの？　確かに大昔はそんな名前の商会もあったかもしんないけどさ、今は存在しないっての！」

突然のことに一瞬怯んだティリスだが、すぐに噛みつく。

ここで戸惑ったりしたら、エレンの思うつぼだと思ったのだろう。

それは正しい。

そしてティリスは、とっさにエレンが本人ではないと思わせる策に出た。

「それとあんた……エレン・クノイルって言ったわよね？　確か十年ぐらい前だっけ？　行方不明になったって話を聞いたけどさ、あんたが本物だっていう証拠はあんの？　そんなに親しくなかったけど、あたしはエレンと幼なじみだったのよ？　だから嘘吐いてもすぐに……」

「わたしが保証します」

「――ッ!?」

ティリスの口が止まった。

その声を耳にした途端、表情が固まってしまう。

エレンを見ていた二つの瞳を、ゆっくりと後ろへ移し、声の主の姿を捉える。

「……あんた、誰よ」

知っている。

もちろん、ティリスは知っている。

彼女がナーナルであると。エレンと行動を共にする女性で、ルベニカ商会とローマリアの商人たちを扇動（せんどう）する黒幕だということを。

だが、ティリスは知らない。

ナーナルが何者なのかを。ナーナルとエレンがどのような関係なのかを。

だから怖い。エレンやロニカよりも。

ティリスは、ナーナルが何者か分からないことを心から恐れていた。

「口を挟み、気分を害したこと、心よりお詫び申し上げます。ですが、これはわたしの問題でもあります。なぜならば、彼はわたしの執事ですので」

「……執事？　……エレンが、あんたの？」

前にも聞いたが、冗談だと思っていた。

あのエレンが誰かに仕えるだなんて、ティリスには想像できなかったからだ。

しかし思い返すと、二人の関係は確かにナーナルが主で執事がエレンの形に収まっていた。

ということは、ナーナルは高貴な身分なのだろう。

それだけではない。

ヤレドから船に乗って来た隣国アルドアの貴族ということはつまり、今回の代表者と知り合いの可能性もある。その場合、すべての企みが隣国に筒抜けなのかもしれない。

さらにはエレンがナーナルやルベニカ商会、デイルにアモスといった面々を、すべて初めから利用していたとしても、何ら不思議ではない。

なぜならば、相手はあのエレンだ。どんなときでも冷静沈着なエレンが連れてきた女性が、ただの連れなわけがない。

船上で顔を合わせたときに気付くべきだったと、ティリスは舌打ちする。

実際は出奔してきた元貴族であり、今はただのナーナルだ。

男爵家の地位や力など、何も持っていない。

それどころか、ナイデン家は取り潰しになっている。ナーナルはもはや戻る場所すらもない放浪者なのだ。

だが、ティリスの不安は的中していた。

確かに今のナーナルには何の力もないが、エレンが傍に居る。それだけで十分だった。

「申し遅れました。わたしはナーナルと申します」

ナイデンの名は出さない。

今のナーナルにとって、必要ないものだからだ。

「あんたがその男の主だってことは分かったわ。でもね、それがどうなったら、その男がエレン・クノイルだって証明になるわけ？」

しかしながらティリスは知らない。

この場に集う面々の思惑や関係性など、知る由もない。

「わたしの執事が、エレン・クノイル本人であることは、この身をもって証明いたします」

「だからそれが意味不明だって言ってんのよ！　あんたがそいつをエレンだって言っても、それを証明するものは何もないっての!!」

「ありますわ。——ですよね？」

「——ッ!?」

そう言って、ナーナルはここで初めてアモスと目を合わせる。

名前を呼ばずとも、顔を見れば分かるだろうと。

今この場で何が起きているのか察することが出来るだろうと。

だから何をすればいいのか理解出来るはずだと。

ナーナルは、アモスに優しく微笑んだ。

「ちっ」

やはりこの二人は知り合いだったのか。

ティリスは下唇を噛んで悔しがるが、ここで口を挟むことはできない。

今、ここにいるすべての人の視線が、アモスに注がれている。

ナーナルの呼びかけに対し、どう答えるのだろうかと、皆が待っている。

それはティリスも同じだった。

「あ、……ああ、そうだね」

まさかナーナルに話しかけられるとは思ってもみなかったのだろう。アモスの顔は真っ赤だ。

「この僕が保証しよう。ナイデン君の発言は真実であるとね」

「は？　ちょっと待ちなさい……待ってくださいよ！　真実だからと言われてはいそうですかって引き下がれるとお思いですか!?　っていうかそんなんじゃ何の証明にもなりませんから!!」

確かに、ティリスの指摘は一理ある。

アモスが肯定すると言ったから信じろと言われても、到底納得できるはずがない。

「ティリス・カロック君だったかな？　君は僕が誰なのか知っているよね？」

「……はっ？」

「僕はアルドア王国の第一王子、アモス・アルドアだよ？　その僕が、こんな大勢の前で堂々と嘘(うそ)を吐いていると、君は言うのかい？」

「ッッ!!」

そう言うと、アモスは横目でナーナルの表情を確認する。

「これでいいかな、ナイデン君？」

「感謝いたします、アモス様」

ナーナルがそう返すと、アモスは口元を緩めた。

「……くっ、ぐぅ……分かっ、分かったわ……ええ、分かりましたとも……。でもっ、でもね！　そいつがエレン本人だからって、何も変わらない！　皇城の土地の権利書はこのあたしが持ってるし、クノイル商会の商材はあたしたちカロック商会のものなんだから!!」

アモスの助力を得て、エレンが本人であることが証明された。

しかし、ティリスの言葉通り、皇城の権利書はカロック商会が握っている。

つまりエレンが生きていたからといって、何が変わるわけでもないのだ。

「違いますよ」

だが、ここで再度、エレンが口を挟む。

「あのとき、デイル皇帝は仰いました。クノイル商会の生き残りが居ない以上、その商材を他の者に任せる必要があると」

エレンは十年前を振り返る。

思い出したくもないことだが、絶対に忘れてはならない記憶だ。

「では、その生き残りが居たら？」

「ッ、だから何だってのよ！　あんたが死んでなかったからって、商材を返還しないといけないような契約はしてないから！　言っとくけど、これはあたしのもんよ!!」

「ティリスさん、貴女の言い分はもっともです。ただし、一つだけ間違いがございます」

幼なじみを相手に、エレンは諭すような口調で言葉を並べていく。

「確かに商材の返還義務はございません。しかしそれは、故意に奪ったものでなければの話です」

「……は？　は？　はあ？　故意に奪った？　あんたそう言ってんの？　あたしが？　故意に？

クノイル商会の商材を手に入れたって？　馬鹿でしょ！　それこそ証明なんてできないじゃない！」

「ダルバ・バリストロ公爵」

「っ」

その名を耳にして、ティリスが目を見開く。

「既に亡くなった方ですが、ティリスさん……貴女はもちろん、バリストロ公爵をご存じのはずですよね？」

「やめろ！　その名前を口に出すな！　あんたまであたしを利用するんじゃない！」

怒りの感情をぶつけるティリスだが、エレンは止まらない。ここで止まるわけがない。

◇

『おやおや、どうしてきみがここにいるのかな？　確かワシは、きみにクノイル商会へ行きなさいと言ったはずだがねえ？』

クノイル商会が襲撃に遭った日の夜。

ティリスは、ダルバに詰め寄っていた。

『殺すなんて聞いてない！　家を壊すだけだと思ってたのに!!』

『ああー、そうだったかな？　よく覚えてないなあ。でもまあ、きみには言う必要ないだろう？』

『あるに決まってる！　だってあの家ッ、エレ……エレンの家なのよ⁉　エレンのお父さんやお母さんだっていたはずだしっ、それに……ッ』

『ハハハ、死んだやつのことなんて気にしなくてもいいんだよ。それにね、どうせきみも今から死ぬんだ。だからきみに説明する必要はない。違うかなあ？』

『え、あた……あたしも、……は？　……死ぬ？』

『そう、死ぬんだよ。今ここでね？　だからさっき言ったじゃないか。きみはクノイル商会に行って、やつらと一緒に死んでもらうつもりだったのにねえ？　……ああ、ところできみが連れ出した男の子はどこにいるのか教えてくれるかな？　あの子の口も封じないと困ったことになるからね』

『……初めから、そのつもりだったの……？』

『うん？　まだワシを信じたいのかな？　ハハッ、だからガキは扱い易くて助かるねえ』

『答えなさいよ！』

『ああ、もちろんさ。元々はきみを含め全員を殺すつもりだったのに、なかなか面倒をかけてくれるよね。まあ、これでようやくクノイル商会を潰すことができたし、残る二つも……あ？』

トスッ、と何かが刺さる音がする。

ダルバは、自分の胸に果物ナイフが刺さっているのを見た。

『……か、かはっ、は？　がっ、なにを……ッ』

『あたしは死なない……殺されるもんか！　利用したのはあんたじゃなくてあたしの方よ！』

『や、バカが……ッ、このワシを誰だと……がっ、やめっ』

殺されるぐらいなら、逆に殺して生き延びてやる。

真実を知る者は少ない方がいい。それはダルバが教えてくれたことだ。

だから殺す。

口を封じるために、エレンに気付かれる前に。

ティリスは己の手を血で汚す。

『う……ぁ』

果物ナイフをダルバの体に突き刺しては抜いて、もう一度突き刺す。

ダルバの目の光が完全に消えるまで、何度も何度も繰り返した。

彼が完全に動かなくなったのを確認すると、ティリスは視線を彷徨わせる。

私設兵は出張ったままだ。目撃者はおらず、死人に口はない。

だからティリスは、一芝居打つことにした。

突然のクノイル商会の壊滅を受けて、彼らの扱う商材は一旦国が引き取ることになった。しかしその決定の際、ティリスが謁見を求め、事の真相をすべて打ち明けた。

ダルバと、その私設兵たちが、ティリスやクノイル商会に何をしたのか。

この事が公になったら、話はバリストロ家だけの問題ではなくなってしまう。

貴族が三大商会の一つを襲撃し、さらにはカロック商会の一人娘まで殺されかけたとなれば、ローマリアに住む人々は黙っていない。暴動を起こし、貴族とぶつかることになるだろう。

そうなれば、この国に未来はない。

では、どうすればいいのか？

答えは簡単だ。ティリスが黙っていればいい。

その見返りに、ティリスはデイルに要求した。

すべてを黙っている代わりに、クノイル商会の商材をすべて寄越せと。

バリストロ家を取り潰しにしろと。

デイルは、その要求を呑んだ。呑まざるを得なかった。

その結果、バリストロ家は取り潰しとなり、ダルバの息子、トルストはティリスに飼われることとなった。

ティリスは騙されていたとはいえ、ダルバの企みに一枚噛んでいた。

しかし、元はと言えばエレンが自分に振り向いてくれなかったのが原因だ。

だから自分は悪くない。

つまりエレンが居場所を失ったのは自業自得ということだ。

そんなエレンに手を差し伸べ、飼ってあげようと思っていたのに、気付いたときには行方が分からなくなっていた。それだけが唯一の心残りだった。

『トルスト、あんたはあいつの代わりよ。飽きるまで飼ってあげるから、精々頑張りなさい』

——結局。

真実を知る者は、ティリスとデイル、そしてトルストの三人だけになっていた。

◇

上手く呼吸ができない。立っていることすらできない。

金貨が散らばる地面に両手を付き、ティリスは全身を震わせる。

「お、お嬢……」

「寄るな！　汚らわしい!!」

体調を心配し、手を貸そうとトルストが近づく。

けれどもティリスは、その手を振り払った。

だが、立てない。

汗が噴き出る。止まらない。

誰とも目を合わせることができない。

どうして、どうしてエレンが知っている？

そんなもん決まってる。

デイルだ、デイルが口を滑らせたんだ。

あたしのことを知ってるのはあいつとトルストしかいない。絶対そうだ！

「ぐ、ぐううっ！」

ティリスの考えは当たっていた。しかしだからといって何かが変わるわけではない。

「……エレン、あ、あんた……このあたしに、こんなことして……この町で生きていけると思ってるの……ッ!!」

このままでは済まさない。

力を振り絞り、ティリスは顔を上げる。そしてエレンを睨み付けた。

だが、返事をしたのはナーナルだった。

「ティリスさん。貴女はわたしの執事から家族と居場所を奪い取り、今日まで、何食わぬ顔をして生きてきました……そうですね？」

「は、はっ、はあっ？　黙れ……黙れよっ、あんたは部外者でしょ！　あたしは今っ、そこのクソ野郎と話してんのよ！」

もう、ナーナルのことなどどうでもいい。

今はとにかく、エレンを後悔させなければ気が済まない。

ティリスは怒りに顔を歪め、再度エレンを睨み付けようとする。だが、

「貴女の相手は、このわたしよ。余所見することは許さないわ」

短く、けれどもはっきりと、ナーナルが言う。

その瞬間、誰もが息を呑んだ。

「わたしのエレンを侮辱することは、このわたしが許さない」

これは、エレンとティリスだけの問題ではない。

当事者なのはナーナルも同じなのだ。

エレンの心を軽くすることができるのであれば、ナーナルは何だってしてみせる。

たとえそれが、一人の女性を徹底的に潰すことだったとしても。

「ティリス・カロック。貴女が負った傷は深刻なものだったのでしょう……。騙されて、悪事の片棒を担がされて、殺されかけて、自分の手を汚して……それはきっと、同じ目に遭わなければ理解できない苦しみなのだと思います。でも、だからといって、貴女が犯した罪が許されるわけではないわ」

ダルバ・バリストロ公爵を殺めた。

己が受けた仕打ちを盾に皇帝を脅し、クノイル商会の商材を手に入れた。

土地の権利を笠に着て、国内外の商人たちを苦しめ続けた。

本来、国に入るはずの税を不当に入手し、皇城の横取りと国の乗っ取りを企てた。

そして、ナーナルにとってなによりも誰よりも大切な存在——エレン・クノイルを悲しませた。

小さいものを挙げればきりがないが、これだけでも十分だ。

「……あ、あたしを、どうするつもりよ？　言っとくけどね、あたしはあんたたちの言う通りになんてしないわ！　クノイル商会の商材は誰がなんと言おうと、あたしのもんよ！　あたしに命令できんのは、あたしだけなんだから!!」

「わたしは貴女に命令なんてしないわ。でも代わりに一つだけ、言葉を差し上げます」

ナーナルは息を吸い、ゆっくりと吐く。

そして、ティリスに告げる。

「残りの人生、楽しめるといいわね？」

ティリスが犯した罪は、誰にも庇えない。死罪か、良くて一生牢獄の中だろう。

故に、ナーナルは言い捨てた。

死を迎えるまでの間、牢獄の中で怯えながら暮らすといい。そんな意味を込めて……。

「あ……あぁぁ、はあああぁ、あぁぁっ！　ああああああっ!!　あたしは間違ったことはしてない！　してないんだ!!　あたしを利用する奴らが悪いんだ！　全部エレンが悪いんだ！　あたしが居なくなったらこの国は終わる!!　絶対に後悔する!!　皇帝なんか殺してあたしを崇めなさいよ!!　あんたらにできることなんてそれぐらいでしょーがっ!!　ほらっ、あんたもなんか言いなさいよ！　あんたあたしの部下なんだからあたしの代わりに死になさいよ!!　そのためにずっと飼ってたんだから死ねよ！　あたしを助けて今すぐ何度でも死になさいよっ!!　聞いてんのかトルストッ!!　バリストロッ!!　汚れたクソ貴族があああああっ!!」

「ッ、お嬢……力になれず、……ッ!!」

ティリスは頭を抱え、その場に崩れ落ちた。

その姿を見たロニカは、少しだけ悲しそうな表情を浮かべる。

エレンもまた、見ているのが辛くなったのだろう。ティリスから目を背けてしまった。

けれども、誰かが手を握ってくれた。それはもちろん、ナーナルだ。

「ごめんなさい、エレン」

「……謝らないでください。これがティリスの……私の幼なじみが犯した、罪の代償なのです」

かつてエレンと共に遊び、共に学び、時には喧嘩をした女の子は、道を踏み外してしまった。これは、ただそれだけのこと。それ以外の何物でもない。

そう、一つの物語が結末を迎えたに過ぎないのだ。

「だから私も……言います」

ナーナルの手を優しく握り返し、目を瞑る。

暗闇の中に居た自分に、ナーナルは手を差し伸べてくれた。もしその手を握っていなければ、今も自分は一人だったに違いない。

ほんの僅かな差で、運命は変わる。ティリスのように落ちていくこともある。

だからエレンは、改めて心に誓う。

ナーナルのためにも、決して道を踏み外さないと。

「さようならだ……ティリス」

カロック商会の副商長、ティリス・カロック。

この日、彼女は罪人として投獄された。

あとは、死を待つのみ。

その日が訪れるのを、ただただ待ち続けるのであった……

第十章　わたしのエレン

カロック商会による国の乗っ取りが露見するという一波乱はあったものの、招待祭への影響は思いのほか少なく、むしろ酒の肴になったりして大盛り上がりした。

アモスはデイルの案内で招待祭を見て回り、皇城へ向かう。目的を達成したナーナルとエレンは、一旦家に戻ろうとしたのだが、それはできなかった。

「エレン、人が多すぎると思わない？」

「そうですね。しかし今日は最も招待祭が盛り上がる日ですので、仕方ないですね」

大勢の商人たちに囲まれた二人は、招待祭の主役だと祭り上げられた。

それもそのはず、二人はカロック商会からローマリアを救ったのだ。直接的にも間接的にもカロック商会と関わることの多い商人たちにとって、二人は救いの神だ。しばらくの間は、もみくちゃにされるだろう。

助けを求めようにも、ロニカは少し離れたところでニヤニヤしているだけで、手を貸そうともしない。もみくちゃになる役目は任せたと言わんばかりの態度だ。

あとで覚えておけ、とエレンは目を細めてロニカに訴えるが、肩を竦めて返されるだけだった。

そして気付けば太陽は落ち、招待祭は夜の宴会場が主会場になった。

「……さすがに疲れたわね」

「申し訳ございません。途中で抜け出せればよかったのですが……」

へとへとになったナーナルは、果実水の屋台で一息吐いていた。

あちらこちらで挨拶と握手を交わし、ようやく解放されたのだが、気付くと二人の脇には抱えきれないほどのお礼の品を押し付けられる。

それを延々と繰り返し、ようやく解放されたのだが、気付くと二人の脇には抱えきれないほどのお礼の品々の山が出来上がっていた。

「エレンが謝ることはないのよ？　これはわたしたちにとっても、ここにいる人たちにとっても、必要なことだったと思うし」

誰かと顔を合わせる度に、ナーナルはありがとうと言われた。

その言葉と思いを直接伝えたくて、誰もが何よりも優先して二人の許に来たのだ。

ナーナル自身、確かに疲れたが、悪い気はしなかった。

誰かの役に立つことができて嬉しかったのだ。

その中でも一番良かったのは、エレンの力になれたことで間違いない。

「よう、お疲れみたいだな」

するとここで、ようやくロニカが声をかけてきた。

手には果肉たっぷりの真っ赤な果実水を持っている。

「お前が助けてくれなかったからな」

「はっ、馬鹿言うな。お前たちは英雄様だぞ？　俺みたいな下々のもんが気軽に声をかけていいもんじゃないだろ」

と言って、ロニカは恭しく首を垂れてみせる。

「だとすれば今、軽口をたたいているのはなぜだか教えてもらえるか」

「ああ、知りたいか？　そりゃもちろん、お前たちと一杯飲もうと思ったからさ」

すぐに頭を上げて同席すると、ロニカは果実水を一気に飲み干す。

その豪快さは実に見事だが、勢い余ってコップの端から垂れてしまった。

「……かぁっ！　やっぱりこれが一番だな！　酒なんて飲めたもんじゃない」

「お子様か」

「黙れバーカ」

「ほら、ロニカ。これで拭いて」

「ん？　ああ……ありがとよ」

ハンカチを手渡すと、ロニカは礼を言って汚れたところを綺麗に拭いていく。

そのついでとばかりに、今後のことを訊ねた。

「ナーナル。お前本当にあいつに会うつもりか？」

「え？　あいつって……彼のこと？」

「それ以外に誰がいるってんだ」

ロニカの疑問に、ナーナルが悪戯な笑みを浮かべる。

「もちろん、そのつもりよ？　だってわたし、まだ何も聞いていないもの。ちょっとの意趣返しくらい、許されるわよね」

「それはそうだが、相手は一応……なあ？」

言い淀み、堪らず視線を横に流す。

ロニカの瞳に映ったのは、エレンの姿だ。

「私はナーナル様のやりたいことを実現させるだけです」

「……はあ、お前は本当にナーナルのことが一番なんだな」

「当然だが？」

それが何か、と言いたげな表情で、エレンが返事をした。

「聞いた俺が間違いだったよ」

ロニカは空になったコップを手に、二杯目を注文するために席を立つ。

「まああれだ、相手が誰であろうと俺には関係ない。だから全力でぶちかましてこい」

「当然だ」

何をするとは言わなかった。

言葉にせずとも、三人共に知っているからだ。

「わたし、上手に出来るかしら……？」

「ご安心を。たとえどのような棒演技だったとしても、彼は恐らく気が付かないでしょう」

「棒演技って……もうっ、見ていなさいよ？　わたしだって、やるときはやるのだからね？」

「楽しみにしております」

「お前ら、本当に仲が良いんだな……」

エレンは、己の願いを半分だけ叶えることができた。

残り半分、クノイル商会の再建については、これからだ。

一方のナーナルはというと、喫茶店を開くことはもちろん、もう一つの願いもまだ叶えていない。

前者はまだまだ先の話になるが、後者は今から叶えるつもりでいた。

「……さあ、それでは参りましょう」

目指すは皇城。

最後の仕上げの時間だ。

◇

「……まだだろうか」

ソワソワしながら、ため息を一つ漏らす。

緊張しているのだろう。アモスは落ち着きがなかった。

しかし、顔は僅かに緩んでいる。

それがなぜかと言えば、意中の人を待っているからに他ならない。

「もう、これは運命としか言いようがない……きっとそうだ」

一度は離れ離れになってしまった二人が、異国の地で奇跡の再会を果たす。

これを運命と言わずして何と言おうか。

デイルとの食事会を済ませたあと、ナーナルの執事がアモスを訪ねてきた。

彼には王都の学園で、ナーナルについて何度も質問したことがあるから、間違えることはない。

アモスは今日、王族の義務としてローマリアを訪れただけなのに国と商会の全面対決に巻き込まれ、頭を抱えるはめになった。

しかし、嬉しい誤算もあった。

ナーナルと再会できたことだ。

「……まさか、ナーナル君が僕を想ってくれていたとは……ふ、ふふふっ」

エレンが伝えてきたのは、ナーナルがアモスに会いたがっている、このあと部屋に伺いたい……ということだった。

元貴族の令嬢が、執事を使いに出してまで男に会いに来るなど、告白以外の何物でもないだろう。

相思相愛とは、まさにこのことか。

ナーナルが婚約破棄を宣言し、行方知れずになってからというもの、アモスは抜け殻のような状態であった。

もう二度と、ナーナルの顔を見ることはできないのだと思うと、悲しくて涙が溢れた。

こんなにも一人の女性を好きになることは、もう一生ないのだろう。そう思っていた。

ナーナルの行方を追うための手掛かりがナイデン家やロイドの許にあれば……と思ったが、彼らは何も知らなかった。

空振りとなった腹いせに二家を取り潰しにしてしまったが、たかが男爵家が二つ潰れたとて、何も問題はないだろう。

ナーナルのことは諦めるしかない。そう思っていたのに、ここに来て彼女は優しく手を差し伸べてくれた。

無論、その手を取らない理由はない。

――浮かれていた。

アモスの心は、明らかに浮ついていた。

「……ナーナル君……」

早く会いたい。時間が許す限り、彼女との逢瀬を楽しみたい。

そして、僕についてきてくれないかと伝えるのだ。

今までは彼女が王子には釣り合わない男爵家の令嬢だということで我慢をしていたが、彼女はもう貴族ではない。男爵家とはいえ貴族の令嬢を妾にすることは許されないが、平民であればごまかして手元に置いておける。

ナーナルの元執事であるエレンには、十分な手切れ金を渡せば満足するだろう。

「ふう、落ち着け……僕は常に冷静だ。彼女も僕を想ってくれているんだ、断るはずがない……！」

舞台は既に整っている。

あとはナーナルと互いの気持ちを確かめ合うだけだ。

……と、アモスは妄想を続けるのだが、残念ながらいくつかの勘違いをしている。

それは、ナーナルがアモスに会いたいと言ったわけではないことや、肝心のナーナルの気持ちが見当違いの方を向いているということだ。

アモスが幸せな妄想に浸っていると、扉をノックする音が聞こえた。

「つ、誰だい？」

アモスは期待を胸に訊ねる。すると、待ちに待った女性の声がした。

「わたしです」

「……ッ、は、入りたまえ」

唾を飲み、許可を出す。

アモスの返事を合図に、ゆっくりと扉が開く。顔を覗かせたのはナーナルだ。

「お久しぶりです、アモス様」

「あ、……うん。そうだね。学園で会って以来……か、かな？」

駄目だ、実際に目を合わせると、途端に口が回らなくなる。汗が噴き出す。目が泳ぐ。緊張で舌が乾く。呼吸をするのも難しくなる。

でもこれだ、これが恋なんだ！

ナーナル君としか味わうことのできない、最高の恋なんだ……!!

「ええ、そうですわね……ところでアモス様。ナイデン家がお取り潰しになったのは、貴方のご意向によるものだとお聞きしましたが？」

「……え、……えっ？」

アモスの目が点になる。

「き、急に……どうしたんだい？」

「急ではございませんわ。貴方がこじれたナイデン家とエルバルド家の婚約話に介入し、最終的には両家がお取り潰しになったことは、既に知っております。……王都中を騒がせた醜聞だったというだけの理由で」

「ッッ!! な、なんで……ッ!?」

「全部、ロイド様から聞きましたわ」

正しくはロイドの話を聞いたエレンからだが、ナーナルにとっては些細なことだ。

しかし、アモスにとってはそうではない。

「は？ ……はっ、はあっ!?」

あいつ、ナーナルの居場所は知らないと、見当もつかないと言っていたじゃないか！

なのに、ナーナルと会っていたのか!? 王子であるこの僕に嘘をついて!?

「……わたし、正直言いますと、アモス様はわたしのことを想ってくださっていたのではと、淡い期待を抱いておりました。学園内ですれ違う度に見せていただける、あのぎこちなくも優しい笑顔がとても印象的でしたから……」

ナーナルの言葉に、アモスは喜色を隠せない。「その通りだ！」と答えようとしたところで、ナーナルが再度口を開く。

「でも、貴方は私の家を取り潰されたんですよね？ ……普通、好意をもつ人間の実家を奪うような真似はいたしませんから、わたしの勘違いだったようです」

「う、いや、ちがっ」

「わたし、少しだけ……少しだけですけれども、アモス様のことをお恨み申し上げますわ。もう二度と帰らないと決めたとはいえ、わたしの大切な家族を路頭に迷わせたんですから……。でも、聡明なアモス様のことですから、きっと何か、お考えがあってのことだったんですよね？」

「そ、それは……うん、そうなんだが……いや、でも」

待ってくれ、とアモスは言いたかった。

この展開は予想していなかった、もっと甘酸っぱくて刺激的な事態になると考えていた。

「……アモス様？　どうしてそんなに困ったお顔をなさっているのですか？」

「えっ、あ……ああ、それは……くっ、ううっ」

どうしたものか。まさか、何の理由もなく、ただの腹いせにきみの実家を潰したなどと、言えるわけがない。

アモスは必死に言葉を探すが、混乱しきった頭では都合のいい理由など浮かばない。

そうこうしている内に、ナーナルがまた笑顔を見せる。

「それではアモス様、御機嫌（ごきげん）よう。貴族の立場を失ったわたしが、まさか異国の地で再びお話しできるとは思いませんでしたわ。……もうわたしがアルドアに戻ることはないでしょうが、国の発展をお祈り申し上げます」

そう言い残し、一礼してナーナルは部屋を去った。

結局何も言えなかったアモスは、ナーナルの去り際の笑顔で、アルドア——ひいては自分にも未練などかけらもないのだと悟った。

ああ、こんなところで出会わなければ、この想いに引導を渡されることもなかったのに。こんな気持ちになるくらいならば、どこかで生きているナーナルと想いが通じ合っているという幻想を抱いていた方がましだった。

部屋に残されたアモスは、招待祭の代表となったことを、ただただ後悔し続けるのだった。

「終わりましたか」

部屋の外に出ると、エレンとロニカが待っていた。

「二人とも、本当にありがとう」

「気にすんな、俺はやりたいようにやっただけだ」

「私もロニカと同じです」

二人の返事を聞いて、ナーナルは頷く。

「エレン」

「？　いかがいたしましたか」

「お腹空いちゃった」

そう言って、ナーナルはお腹を押さえた。

「かしこまりました。では城下町に戻りましたら、何か食べましょう」

「うん。……ああ、それとね」

招待祭の賑わいは、皇城まで届いている。

そんな中、ナーナルは思い出したかのように告げる。

それは、ずっと前から伝えたかった言葉だ。今度こそ、口に出してちゃんと言いたい。

「エレン」

もう一度、名前を呼ぶ。

それから踵を上げ、振り向くエレンの肩に手を置く。

「――貴方のことが、大好きよ」

「っ」

想いを伝え、ほんの僅かに唇を重ねた。

「ひゅ～、こんなところで見せ付けるじゃねえか」

ロニカは肩を竦めつつも、その様子から目を離さない。

「……ナーナル様」

「様は付けないで」

「しかし」

「お願い」

「……かしこまりました」

「それもダメ。ロニカと話すみたいに、もっと親しく」

「ナーナル様は……失礼」

コホン、と一つ咳払い。

一旦視線を外し、エレンは呼吸を整える。

「……ナーナルは、我がままだな」

「知らないとは言わせないわ。だっていつもわたしの傍にいたでしょう？」

「それは……そうだが……」

「そんなことよりも、返事はまだ？」

「……今、言わないとダメか」

「もう、十分待ったわ。だからこれ以上は我慢の限界」

ロニカの視線が痛いが、逃げることはできない。

口から心臓が飛び出そうなほど緊張しているが、エレンは頷く。そしてナーナルの目を見つめる。

「私も……いや、俺も……ナーナルのことが大好きだ。……だから、これから先もずっと……その、俺と一緒に……っ」

ナーナルに抱き着かれ、エレンは最後まで言い切ることができなかった。

だが、それでも構わない。

エレンは全然構わなかった。

「好きよ、エレン……大好き……っ‼」
――今宵（こよい）。
一つの恋が実りの時を迎えた。
その恋が、どのような結末を迎えるのか、それは誰にも分からない。
しかし二人は迷わない。
これから先、どんな未来が待ち受けていようと。
二人一緒なら、絶対に乗り越えられると信じているから……

終章　手紙

親愛なるナーナル・ナイデン様

ぼくはきみに酷(ひど)いことをしていたね。

きみは本気でぼくとの将来を思い、接してくれていたというのに、その気持ちにぼくは全く気付くことができなかったよ。

モモルに誘惑されたとき、ぼくはキッパリ断ろうと思っていたんだ。

だけど、それではモモルが悲しむことになるよね。

きみはモモルを可愛がっていたし、モモルが悲しむことになれば、間接的にきみを悲しませてしまうことになってしまう。

そう思ったから、ぼくはあえて苦渋(くじゅう)の決断をしたんだ。

でも今思えば、それは間違いだった。

あのあとモモルとはすぐに別れたし、一度も会っていないよ。

それは、モモルに対するぼくなりのケジメだからね。

だけどモモルは、それが悲しくておかしくなってしまったんだ。

何度もぼくに会いに来て、恨むような言葉をぶつけてきたよ。

そのあと、当てつけのように他の男と付き合ったみたいだけど、今どうなってるのやら。あまりいい噂は聞かない。

少し気になるけど、恋愛感情はないし会うつもりもないけどね。

それでね、きみには本当に悪いことをしたと思っている。

相思相愛の相手に婚約を破棄したいと告げるのは、辛かっただろう。

でも、きみは心を鬼にしてそうしたんだね。

いや、心を隠したと言った方が正しいかな。

ぼくはそんなきみのことが今でも一番好きだ。

この結論に至るまで、ぼくは随分と遠回りをした。

だけどこれでようやくきみの気持ちを受け入れることができるよ。


ナーナル。

ぼくの大切な人。

もう一度、ぼくと婚約しよう。

そしてすぐにでも結婚しよう。

ところで、風の噂で聞いた話では、きみは今、ローマリアの皇帝や大きな商会と懇意(こんい)にしているようだね。

そのコネを足がかりに、お店を開くことも、ぼくは知ってるよ。

実は、ぼくは昔から商売というものに興味があったんだ。

だからふと、きみと一緒にお店を切り盛りする未来を想像してみたよ。

その未来はきっと、上手くいく。

ぼくときみが力を合わせれば、恐いものなんて何もないからね。


親愛なるナーナル・ナイデン。

きみの返事を待ってるよ。なるべく早く頼むね。

◇

「……はぁ、気色悪い」

配達員に手紙を渡して、大きく肩で息を吐く。

買い物を済ませ、面倒ごとを一つ片づけたナーナルは、鬱々(うつうつ)とした心を晴らすために、急ぎ足で家に戻った。

「ただいま、エレン」

玄関を開け、声をかけると、部屋の奥からエレンが顔を出す。

手には野菜を握っている。どうやら料理をしていたらしい。

「おかえり、ナーナル」

「うん」

ただいまと言ったら、おかえりと返ってくる。この幸せは、誰にも邪魔させない。

「……なんだ？　なんでそんなにニヤニヤしているんだ」

「え？　どうしてだと思う？」

「……もうすぐご飯だからか？」

「違うから！　そんなに食い意地張ってないから！」

即、否定する。

その様子を見たエレンは、口元を緩めて笑う。

「じゃあ、分からないな。答えを教えてくれないか？」

「んー、言葉にすると恥ずかしいのよね……」

いや、それも今更か。

面と向かって好きと言ったのだから、この程度のことで恥ずかしがっていては駄目だ。

ナーナルは頷き、エレンと目を合わせる。

「ああ、分かったぞ。おかえりって言われたのが嬉しかったんだな？」

「っっ!!　ど、どうして……！　分からないと思ったのに……ッ」

むうっと、ナーナルが頬を膨らませる。

野菜を置いて手を洗ったエレンは、笑いながら言い返す。

「だって、俺も同じだからな」

「そ、そう？　……それならまあ、仕方ないわね」

「ああ、仕方ない」

肩を竦めるエレンを見て、ナーナルは笑みを浮かべた。すると、

「あっ」

優しく、けれども少し強引に、エレンがナーナルを抱き寄せた。

「……ズルいわ」

顔が緩むのを止められない。幸せすぎて困ってしまう。

だがもちろん、自分から離れるつもりはない。

「ところで、おかえりのキスをしてもいいのか？」

「……ん、」

夢見心地のナーナルは、真っ赤な顔を隠さず、エレンと目を合わせた。

そして二人は、どちらからともなく、そっと唇を重ねる。

目を瞑り、エレンの唇の柔らかさを感じながらも、ナーナルは心の中でそっと呟く。

この幸せが、いつまでも続きますようにと……

◇

ロイド・エルバルド様

まだわたしに未練があるのですか？
わたしは全くありませんので、どうぞ末永くお幸せに。

RC
Regina
COMICS
最後にひとつだけ
お願いしても
よろしいでしょうか
1~7
原作 鳳ナナ
漫画 ほおのきソラ

最後にひとつだけ
お願いしても
よろしいでしょうか
7
鳳ナナ
ほおのきソラ
番外編36P収録!!
95万部
武闘派悪役令嬢が、
勘違いヒロインの野望を
拳で打ち砕く!!?
アルファポリス

この作品に対する皆様のご意見・ご感想をお待ちしております。
おハガキ・お手紙は以下の宛先にお送りください。

【宛先】
〒150-6008 東京都渋谷区恵比寿4-20-3 恵比寿ｶﾞｰﾃﾞﾝﾌﾟﾚｲｽﾀﾜｰ 8F
（株）アルファポリス　書籍感想係

メールフォームでのご意見・ご感想は右のＱＲコードから、
あるいは以下のワードで検索をかけてください。

アルファポリス　書籍の感想

ご感想はこちらから

本書は、「アルファポリス」（https://www.alphapolis.co.jp/）に掲載されていたものを、
改題、改稿、加筆のうえ、書籍化したものです。

妹に婚約者を寝取られましたが、
未練とか全くないので出奔します

赤丈 聖（せきじょう ひじり）

2023年 4月 5日初版発行

編集－徳井文香・加藤美侑・森 順子
編集長－倉持真理
発行者－梶本雄介
発行所－株式会社アルファポリス
〒150-6008 東京都渋谷区恵比寿4-20-3 恵比寿ｶﾞｰﾃﾞﾝﾌﾟﾚｲｽﾀﾜｰ8F
TEL 03-6277-1601（営業） 03-6277-1602（編集）
URL https://www.alphapolis.co.jp/
発売元－株式会社星雲社（共同出版社・流通責任出版社）
〒112-0005 東京都文京区水道1-3-30
TEL 03-3868-3275
装丁・本文イラスト－冨月一乃
装丁デザイン－AFTERGLOW
（レーベルフォーマットデザイン－ansyyqdesign）
印刷－中央精版印刷株式会社

価格はカバーに表示されてあります。
落丁乱丁の場合はアルファポリスまでご連絡ください。
送料は小社負担でお取り替えします。

ISBN978-4-434-31781-1 C0093